작고 아름다운
동네 책방 이야기

작고 아름다운 동네 책방 이야기

서점은 꿈도 팔고 여행도 팔고 낭만도 판다

이충열 지음

마음의숲

프롤로그

술과 노래와 책방의 나날들

시간이 날 때마다 튼튼한 두 다리와 10년 넘은 중고자동차와 함께 전국에 있는 작고 아름다운 책방들을 돌아다녔다. 오래전부터 알고 있던 책방도 있었고, 처음 가본 책방도 있었다. 미리 전화를 하고 찾아간 곳도 있었고, 연락도 없이 불쑥 찾아간 곳도 있었고, 여행 중에 우연히 발견한 책방도 있었다. 어느 날 한 젊은 책방 주인과 대화를 나누다 동네 책방들을 찾아다니게 되었다. 그 대화를 통해 요즘 책방들은 예전과 많이 달라졌음을 느꼈다. 나는 그 변화를 좀 더 자세히 들여다보고 싶어졌다.

책방은 단순히 책을 파는 곳이 아니라 지역의 작은 문화공간으로 다양한 변신을 꾀하고 있다. 그곳은 술이 있고 음악이 있고 노래가 있으며 그림이 있고 사진이 있는 매우 '흥미로운 지옥'이다. 그렇게 해서 지난 2년 동안 열여덟 곳의 책방을 돌아다녔다.

술과 장미의 나날들이 아닌 술과 책의 나날들이 이어지는 '북바이북'을 시작으로 여행 서적을 전문으로 취급하는 '일단멈춤', 시 전문 책방 '다시 서점', 전주의 인문학 책방인 '조지 오웰의 혜안', 잃어버린 시간을 찾고 있는 '프루스트의 서재', 청소년들의 푸른 이마가 빛나는 부산의 '인디고 서원', 대구의 독립 서점 '더폴락', 천천히 목표를 향해가는 포항의 '달팽이', 시간을 파는 헌책방 우사단의 '디스레트로라이프', 사회과학 서점 '그날이 오면', 항상 문이 열려 있는 대전의 '도어북스', 보물 같은 책이 가득한 파주의 '보물섬', 강남의 유일한 작은 책방 '북티크', 월세와 보증금을 간판에 당당히 밝히고 있는 세운상가 '200/20', 환하게 별이 빛나는 '별책부록', 이젠 우주로 떠나버린 서촌의 '가가린', 책들의 성지인 '보수동 책방골목', 60년 동안 등대처럼 불을 밝히고 있는 속초 '동아서점'까지.

하지만 찾아가지 못한 책방도 많다. 전남 순천의 유일한 헌책방 ‘형설서점’, 경남 진주의 ‘소소책방’과 제주도의 ‘소심한 책방’, 그리고 영화 〈내부자들〉에 나왔던 충북 단양의 ‘새한서점’과 충주의 ‘하늘문고’ 등이다. 그 외에도 더 많은 책방을 찾아 책에 싣고 싶었지만 시간적 제약과 게으름으로 담아내지 못해 미안함과 아쉬움이 많이 남는다.

도심 한복판에도, 인적이 드문 길 위에도, 혹은 좁은 골목이나 높은 산꼭대기에도 책방은 불을 밝히고 오두막처럼 서있었다. 책방은 술집이고 카페이며 도서관이자 서재로 변했다. 공연장이고 갤러리이며 사랑방이자 쉼터로 진화했다. 많은 사람들이 산책길에 가벼운 마음으로 들러 차를 마시기도 하고, 퇴근길에 맥주를 마시며 인디밴드의 공연을 감상하기도 하는 곳이 되었다.

하지만 너무 긴 시간동안 책방 이야기를 쓰다 보니 책방 또한 열악한 환경에 놓인 자영업이라는 사실을 간과하고 있었다. 1층에 예쁜 테라스가 돋보였던 ‘다시 서점’은 지하매장으로 자리를 옮겼고, 연남동 ‘어쩌다 가게’에 있던 책방 ‘별책부록’은 해방촌 산동네로 이사했다.

또한 책방 여행의 시작이었던 ‘북바이북’도 근래에 본점과 분점으로 운영하던 매장을 통합해 이전하였고, 서촌에 있던 가가린은 지구별에서의 임무를 마치고 우주로 떠나버렸다.

책을 집필하던 시기와 현재의 책방 상황이 많이 달라졌지만, 원고를 다시 쓰거나 수정하지 않았다. 동네 책방의 어려운 현실을 가감 없이 보여주고 싶었다. 책방을 여행하는 동안에 작가나 시인, 출판인, 가수 등이 작은 책방을 열었다는 소식과 더 많은 책방이 오픈을 준비하고 있다는 얘기를 들었다. 언제부턴가 우리 생활로부터 멀어져있던 책방들이 다시 골목 어귀에 생겨나기 시작한 것은 고무적인 일이지만, 일시적인 문화 트렌드로 전락되는 것은 아닌지 하는 우려를 나타내는 시선도 볼 수 있었다. 하지만 그것이 설사 유행으로 끝날지라도 기분 좋은 유행이며 현상임에는 틀림이 없어 보인다.

어느 동네를 가더라도 골목 어귀에 있는 중국집이나 치킨집처럼 책방도 많아졌으면 좋겠다. '책이 없는 궁전에 사는 것보다 책이 있는 마구간에 사는 것이 낫다'라는 서양의 격언처럼 동네마다 노랗게 불을 밝히고 있는 책방을 찾는 사람들이 많아졌으면 좋겠다.

마지막으로 가감 없고 스스럼없이 이야기를 들려주었던 책방 대표님들께 감사의 마음을 전하고 싶다.

차례

책 읽는데 술이 빠질 순 없잖아!

- 북바이북 book by book -

북바이북

-

주소 서울 마포구 월드컵북로 44길 26-2번지 1층

전화 02-308-0831

홈페이지 http://bookbybook.co.kr

서울 상암동에 있는 '북바이북'을 찾아간 것은 어느 봄날이었다. 동네에 있는 작은 책방이 여러 언론과 미디어에 주목을 받고 있어 꼭 한번 가봐야겠다는 생각을 하고 있을 때였다.

홍대에서 택시를 타고 내비게이션에 주소를 입력했다. 하지만 도착한 곳은 예상과는 달리 육중한 공사 펜스로 가로막혀 있었다. 상암동은 '디지털 미디어의 새로운 시대'를 여는 동네답게 넓은 도로에 큰 건물이 속속 들어서고 있었는데 이렇게 현대식 건물이 즐비한 곳에 작은 동네 책방이 있기에는 만무해 보였다. 기사도 나와 같은 생각인지 머리를 갸우뚱하더니 잠시 후 근처에 책방이 있을 만한 동네가 생각났는지 핸들을 돌려 골목길이 보이는 버스정류장에 내려주었다. 택시가 떠나고 정류장 안내판을 보니 홍대입구역에서 출발하는 버스들이 이곳 정류장을 경유해 간다는 것을 알게 되었다.

작은 골목을 내려가자 저녁 무렵 후미진 동네에서 마주할 수 있는 낡은 상점들이 보였다. 식당 마루를 훔치던 대걸레는 땀에 흥건히 젖은 채 머리를 말리고 있었고 치킨집 앞에는 테이블과 의자가 하루 중 제일 바쁜 시간을 앞두고 벽에 기대어 잠시 쉬고 있었다. 은색 배달통을 든 오토바이가 재주를 부리듯 아슬아슬하게 사람들 사이를 비집고 지나가는 길 끝에 꽃집이 보였고, 길모퉁이에 숨어 노란 불빛으로 빛나는 책방이 골목을 비추고 있었다.

책방은 단층짜리 낡은 건물에 있었는데 책방이라고 생각하지 않으면 모르고 그냥 지나쳐 갈 만큼 작았다. 지붕에는 슬레이트가 덮여있었고, 붉은 벽돌이 박힌 벽에는 '북바이북 소설점'이라는 작은 팻말이 달려있었다. 노란 분필로 꾹꾹 눌러 쓴 글씨가 이곳이 구체적으로 어떤 책만을 판매하는지 말해주고 있었다.

그렇게 잠시 그 앞을 서성거리고 있으니 학교 다닐 때 자주 가던 책방이 생각났다. 중고책만을 팔았던 그 책방은 밤늦은 시간까지 불을 밝히고 서있었다. 책방에 들를 때마다 주인아저씨는 시집만 한 크기의 바둑책을 손가락 사이에 끼고 홀로 바둑을 두고 있었는데 바둑돌을 들고 있는 모습이 바둑판의 한 점처럼 외로워 보였다. 몇 년 후 책방이 동네를 떠나기 전 주인아저

북바이북 분점인 '소설점'의 모습.

씨가 마지막으로 권해준 볼프강 보르헤르트의《이별 없는 세대》는 지금도 가끔 책장에서 꺼내 읽는 책이다. 이렇게 작은 책방을 보면 그때의 추억이 책에서 풍겨 나오는 은은한 향기와 함께 노릇노릇하게 구워지곤 한다.

책방은 7평 남짓의 공간으로 천장이 낮아 아늑한 기분이 든다. 문을 열고 들어서면 정면 깊숙이 카운터로 쓰이는 공간이 보인다. 보통 작은 책방의 경우 중앙 테이블이 메인 판매대처럼 놓이지만 이곳은 격자로 된 책장이 놓여있다. 작은 창문이 열려있는 것처럼 보이는 책장은 한쪽 벽에 세워져 서가를 이루고 있는데 그 안에는 여러 장르의 소설들이 독자를 기다리고 있다.

몇몇 책에는 이곳 책방에서만 볼 수 있는 '책 꼬리'가 달려있다. 책갈피처럼 꽂혀있는 책 꼬리에는 독자의 감상평 내지는 추천평이 쓰여있다. 이것은 일종의 독자와 독자 사이의 책을 통한 소통 행위로 볼 수 있다. 나와 다른 생각을 엿볼 수 있는 재미가 있어 다른 책들보다 한 번 더 펼쳐 보게 된다. 또한 독자들을 위해 독서카드도 비치되어있다. 이곳에서 구매한 책뿐 아니라 과거에 읽었던 책이라도 제목과 함께 10자평을 적어 카드를 다 채우면 커피를 무료로 받을 수 있는 쿠폰 같은 역할을 한다.

처음에는 책방 주인의 어릴 적 단편적인 추억을 끄집어낸 이벤트였지만, 지금은 이곳을 찾는 독자들이 어떤 장르의 책을 좋아하는지 알려주는 귀중한 데이터가 되어 책을 비치하는 데 많은 도움을 준다. 북바이북 소설점은 그 외에도 차를 마실 수 있는 작은 테이블과 의자를 마련해놓고 간단한 먹거리와 필기도구도 함께 판매하고 있다. 작은 공간이지만 아기자기한 소품들이 꽉 채워진 서랍처럼 빈틈이 없어 보인다.

소설점 한쪽 벽에는 손바닥만 한 액자들이 걸려있는데 액자 속에는 각각의 인물삽화가 그려져있다. 프로파간다에서 출간된 《탐정사전》에서 다루고 있는 '역사상 중요한 탐정 60명의 얼굴들'로 레이먼드 챈들러의 《필립 말로》라든지 체스터튼의 《브라운 신부》나 코난 도일의 《셜록 홈스》 등 소설 속 인물의 특징이 섬세하게 잘 표현되어있다.

북바이북이 상암동에 책방을 연 것은 2013년 10월이었다. 상암홀릭이란 이름의 블로그를 통해 그 존재를 꾸준히 알려 책방을 열기 전부터 독자들에게 많은 관심을 받고 있던 때였다. 북바이북의 주인은 자매인데 '소설점'은 언니가 운영하고 여기에서 열 걸음 (북바이북 팻말에 이렇게 적혀있다) 떨어져 있는 '본점'은 동생이 운영한다. 두 사람은 모두 포털사이트 다음커뮤니케이션을 다녔다. 언니는 마케팅 일을 10년 넘게 했고 동생은 콘텐츠 관련 업무를 담당했다. 그러므로 책이라는 콘텐츠를 능수능란하게 잘 다루는 것도 전혀 이상한 일이 아니다. 두 사람이 탄탄한 직장과 월급을 마다하고 자영업자, 그것도 '흥미로운 지옥'인 책방 주인이 된 것은 전 직장에서 다루던 온라인콘텐츠를 오프라인으로 가져와 시도해보고 싶은 생각 때문이었다. 그러다 보니 자연스럽게 책이라는 아날로그 콘텐츠로 귀결되었다.

하지만 이것보다 더 원초적인 계기는 동생인 김진양 씨가 자신의 책에 썼듯이 '완벽하게 무장해제 될 수 있는 공간을 꿈꾸기'위함이었다. 직장인이라는 현실에 안주하지 않고 자신들이 원하는 삶을 위해 '또 한번 인생의 변화를 시도'한 것이었다. 북바이북이란 공간이 자신들과 비슷한 처지와 환경 속에서 살아가는 사람들에게 안식처가 되기를 바라는 마음에서였다.

북바이북 분점이 소설이라는 한 장르만 취급하는 전문 책방이라면 본점은 종합 서점에 가깝다. 그렇다고 예전 동네 서점처럼 참고서, 문제집까지 취급할 것으로 생각하면 오산이다. 분위기 좋은 펍pub을 연상시키는 본점은 독자들이 본격적으로 책과 함께 술을 즐길 수 있는 곳이다.

목 넘김이 부드러운 크림 생맥주와 향기가 좋은 더치 맥주는 물론 하우스 와인과 보드카까지 매일 저녁 '술과 장미의 나날'이 아닌 '술과 책들의 나날'들이 이어진다. 또한 저자를 초대해 독자들과 대화를 나누는 것은 물론 인디 가수의 공연과 동네에 맛집으로 소문난 음식점 주방장을 초대해 요리강좌도 연다. 북바이

북바이북 본점. 종합서점에 가깝지만 문제집이나 참고서는 팔지 않는다.

북은 책방이라는 본연의 임무뿐만 아니라 다양한 문화적 경험도 공유할 수 있는 곳으로 동네 책방의 패러다임을 바꾸었다.

여기서 재밌는 것은 분점인 소설점이 먼저 문을 열고 본점인 술 먹는 책방은 그 뒤에 오픈했다는 사실이다. 처음부터 술 먹는 책방을 기획했던 것은 아니다. 책방을 열기 전 그리고 책방을 연 후에도 두 사람은 끊임없이 책방에 대한 새로운 아이디어를 창출해내기 위해 다양한 책방 문화가 존재하는 일본으로 책방 여행을 다니며 발품을 팔았다. 도쿄의 '부장고'와 '쿡쿠프' '시부야 북셀러즈 앤 컴퍼니' '츠타야' 등 개성 있고 이색적인 책방 수십여 곳을 벤치마킹했다. 하지만 그중 가장 많은 영감을 받은 곳은 시모키타자와에 있는 B&BBook & Beer 책방이었다.

두 사람은 서가를 꾸미고 채우는 일에도 심혈을 기울였다. 책이란 예민한 물건이라 조금만 관심을 두지 않으면 표지는 금방 먼지가 날아앉고 하얀 여백이 많은 페이지는 손때가 타기도 한다. 그리고 매일같이 쏟아져 나오는 많은 양의 신간들을 조목조목 살피지 않으면 유행에 뒤지기 일쑤다. 하지만 이곳에 정리되어있는 책들을 보고 있으면 두 사람이 만만치 않은 내공의 소유자라는 것을 알 수 있다.

북바이북 본점에 들어섰을 때 눈에 띈 것은 당연히 책과 술이었지만 그것 말고도 술병 모양의 플라스크 등이 더 있었다.

술 대신 노란 불빛이 채워져 있는 등에는 'keep calm and love me'라고 쓰여있었다. 사실 이 문구는 'keep calm and carry on'을 패러디한 것으로 영국 정부가 제2차 세계대전이 발발하기 몇 개월 전인 1939년, 독일의 대규모 공중 폭격이 예고된 가운데 영국 시민들의 사기를 북돋우기 위해 제작한 동기부여 포스터에 나오는 문구다. '평정심을 잃지 말고 평소에 하던 대로 지금 하는 일을 계속하라'는 원문의 뜻처럼 '평정심을 잃지 말고 계속해서 나를 사랑해 달라'는 서점의 메시지가 인상적이다.

북바이북이란 동네 책방이 있다는 얘기를 처음 들었을 때 북바이북의 바이가 전치사 by가 아닌 동사 buy인 줄 알았다. 책방 이름을 두고 주인은 책과 책 사이에 어떤 의미를 부여할지 무척이나 고민했다고 한다. 책과 책 사이에 많은 전치사를 넣어보았지만 딱히 마음에 들지 않았다고 한다. 그런 고민 끝에 전치사 by가 가진 뜻이 '무엇 무엇에 의한' 이란 뜻도 있지만 '무엇 무엇의 힘을 받는 원천'이란 뜻도 있다는 것을 알아 '책의 힘의 원천이 되는 것은 책'이란 의미를 부여해, 마침내 'book by book'이란 이름이 탄생하게 되었다.

책방을 둘러보다 눈에 띄지 않는 곳에 진열된 책을 하나 꺼내 들었다. 《술 먹는 책방》이란 제목 위에 작은 글씨로 '동네 서점 북바이북 이야기'란 부제가 달려있다. 북바이북을 공동운영하고 있는 동생 김진양 씨가 출간한 책의 제목이다. 술 먹는 책방이

남편의 본심

란 언뜻 술이 주고 책이 부일 것 같지만 오해들 하지 마시라. 술 마시며 책을 읽는 곳이 아니라 책을 읽으며 술을 마시는 곳이니까…. 이것이 무슨 차이가 있는 것이냐고 묻는다면 직접 찾아가 보시라. 술보다 책이 많고, 노란 불빛 아래 둥근 얼굴을 반짝이며 책을 읽고 있는 사람들의 모습을 감상할 수 있을 테니까.

ps. 소설점과 본점으로 열 걸음 떨어진 거리에서 함께 운영되던 북바이북은 2016년 4월, 본점 앞에 있는 한 건물로 통합 이전하였다. 테라스가 아름다운 공간에서 책과 술의 나날들은 여전히 이어지고 있다.

멈춤의 미학, 여행 책방

\- 일단멈춤 -

일단멈춤
–
주소 서울 마포구 숭문16가길 9번지 1층
홈페이지 blog.naver.com/stopfornow

여행 책방은 여행과 관련된 서적을 전문적으로 취급하는 책방이다. 홍대입구역에는 외국인 여행자들을 위한 '짐프리'라는 책방이 있고 대전에는 '도시 여행자'라는 이름의 복합문화공간을 갖춘 책방이 있다. 그리고 마포구 염리동에는 '일단멈춤'이라는 독특한 이름을 가진 여행 책방이 있는데, 책방 이름에서 알 수 있듯 여행에 앞서 취해야만 하는 행동을 말해주고 있는 곳이다.

나는 이것이 체 게바라가 말했던 여행의 중요한 순간 중 하나인 '떠나는 순간 먼저 가져야 할 마음의 자세'라고 생각했다. 그러고는 책방에 전화를 걸어 약속을 잡고 여행이라도 가듯 배낭을 메고 그곳을 찾아갔다.

일단멈춤을 찾아가는 길은 생각보다 쉽다. 지하철 2호선을 타고 이대역 5번 출구로 나와 직진하면 대흥분식이 나오고, 이 모퉁이를 끼고 왼쪽으로 돌면 완만한 경사로가 나오는데 이 길을 따라 조금 걷다 보면 파란색 페인트가 칠해진 책방을 만날 수 있다. 작년 봄에 왔을 때만 해도 책방이 있는 건물에는 기존 가게가 사용했던 '대경설비'란 이름의 낡은 돌출간판이 불안하게 달려있었고, 책방이 자리하고 있는 건물의 전면 벽 위에는 녹이 슨 철판에 하수구, 누수탐지, 리모델링, 방수, 해빙 등 작업 가능한 항목이 메뉴처럼 적혀있었다. 하지만 지금은 모두 철거되고 건물도 새로 칠해서 예전에 보았던 풍경과 사뭇 달라져있었다.

책방이 위치하고 있는 곳은 예전에 소금을 실어 나르던 배와 소금전 그리고 소금장수들이 많이 살아 염리동이라 불렸는데, 지금은 소금 길로 더 유명한 곳이다. 경사가 급한 좁은 골목길과 허름한 주택들이 즐비한 동네에 들어서면 시간이 잠시 멈춰버린 듯한 착각이 들 정도다.

염리동 소금 길은 2012년, 범죄예방디자인 사업지역으로 선정되었다. 서울시에서 낙후된 지역을 정비하기 위해 사업 지역을 찾던 중 이 동네를 발견한 것이다. 그 후 동네가 예쁘게 정비되고 독특한 분위기의 카페와 음식점이 하나둘 생겨나기 시작했다. 그러자 많은 사람이 '동네 구경'을 하러 오면서 서울 도심에 없어서는 안 될 양념 같은 동네로 자리 잡게 되었다.

일단멈춤의 전면 사진. 나침반 안에 책을 형상화한 책방 로고가 눈에 띈다.

책방 주인인 송지형 씨가 이 동네에 책방을 열게 된 것은 산책하기 좋은 소금 길이 가까이 있는 것도 마음에 들었지만 도심의 상권과 달리 과도한 경쟁에서 벗어난 고요함과 지하철역이 가깝다는 지리적 여건이 한몫했다.

2014년 12월 처음 문을 열었을 때만 해도 이곳이 무엇을 하는 곳인지 의아해하며 문만 살짝 열어보고 호기심 어린 눈으로 쳐다보고 가는 동네 분들이 많았다고 한다. 하지만 지금은 그 문턱이 조금은 낮아졌다. 여행에 관심이 많은 청춘들은 물론 일부러 이곳까지 찾아오는 주부와 중년의 회사원도 있다고 한다. 이제는 주인의 바람대로 누구나 부담 없이 찾아와 잠시 쉬거나 머물다 가는 여행지 같은 곳이 되었다.

책방에 들어서기 전 일단 멈춰 서서 책방을 바라보면 맑은 유리창에 박힌 책방의 로고가 보인다. 로고는 여행자의 필수 아이템이라고 할 수 있는 나침반 안에 한 권의 책이 펼쳐있는 것을 표현하고 있다. 이 한 권의 책은 나침반의 방위를 알려주는 바늘과 같은 존재인데 책의 바늘이 가리키고 있는 N극과 S극은 책방의 모토인 'Stop for Now'를 상징하기도 한다.

또한 그것은 책방 이름이 가지고 있는 의미와 같다. 여행을 계획하고 떠남에 있어 일상을 잠시 놓아야 한다는 행위로써의 멈춤과 그것을 가능케 하는 의지인 생각으로써의 멈춤이 담겨있다.

책방을 열기 전 주인 또한 쉼 없는 일상과 멈춤 사이에서 고민을 했다고 한다. 출판사 편집자라는 직업도 가져봤고 잡지사 기자로도 일했다. 그러던 중 퇴사를 하게 되었고 다른 직장을 알아보다가 통장의 잔고를 탈탈 털어 무작정 자신이 좋아하는 여행을 떠났다고 한다. 그렇게 해서 도착한 곳이 아일랜드였고 그곳에서 1년을 머물렀다.

한국으로 돌아오기 전 바닷가 어느 절벽에서 하얗게 부서지는 파도를 바라보며 그동안 살아온 삶을 돌아보게 되었고, 서울로 돌아와 '지속적 멈춤'이 가능한 책방을 열게 되었다. 책방의 콘셉트도 자신이 좋아하는 취향에 맞게 '여행'으로 한정시켰다.

주인은 먼저 이집트 여행에서 만난 남자친구와 의기투합하여 책방을 꾸미기 시작했다. 책방 전면에는 차분한 분위기를 연출할 수 있는 파란색 페인트를 칠하고 내부는 환한 흰색으로 도색했다. 앵글과 목재를 이용해 벽에 서가도 만들었다.

모든 것이 순조로워 보였지만 문제에 봉착했다. 전기배선 공사가 걸렸다. 은은함이 감도는 조명도 달아야했고, 곧 다가올 겨울을 버티려면 전기스토브를 연결할 수 있는 콘센트도 적재적소에 설치해야 했다. 고민 끝에 그들은 인건비도 아낄 겸 전기배선공사 매뉴얼이 담긴 두꺼운 책을 구해 공부했다. 그 후 전문가가 와서 봐도 놀랄 만큼이나 성공적으로 공사를 마칠 수 있었다.

North Sea
SCOTLAND
IRELAND
N
S
WALES
ENGLAND
THE UNITED KINGDOM AND IRELAND

POPEYE
TOKYO
AROUND

책방에 들어서면 떠날 준비가 다 되었다는 듯 가죽으로 된 갈색의 커다란 여행용 트렁크가 입구 쪽에 서있다. 뒤로는 주인이 매일 앉아 업무를 보는 소박한 크기의 카운터 겸 책상이 있고, 바로 옆에는 색색의 줄무늬 러그와 쿠션이 놓인 널찍한 돌침대가 있다. 엄밀히 말하면 콘크리트로 만들어진 것이지만 예전부터 이 가게를 차지하고 있던 휴식공간으로 보인다.

침대 한쪽에 플라스틱 호스가 비쭉 튀어나와 있는 걸로 봐서 차가운 바닥에 따뜻한 물을 공급하는 온수장치가 연결되어있었던 것 같지만 이제 그 기능은 사라진 듯했다. 이 돌침대는 책방에서 아주 유용하게 쓰인다. 책방 주인의 휴식공간은 물론 손님들이 신발을 벗고 편안한 자세로 책을 읽을 수 있는 사랑방 같은 역할을 한다.

돌침대 옆으로는 서가가 위치하고 있고 책방 중앙에 놓인 원목 테이블에는 신간 서적들과 주인이 그동안 다녀온 여행지의 흔적들이 놓여있다. 일단멈춤의 책들은 여행 책방에 맞게 책들이 구비되어있는데 여행에 직간접적으로 관련이 있는 책만 취급하다보니 기성 출판물과 독립 출판물을 합쳐 수량은 대략 400여 권 정도로 많은 편은 아니다. 처음에는 독립 출판물만 판매하는 독립 서점을 생각했었는데 도서수급의 한계성과 기성도서와 가격 경쟁력에서 밀리는 감이 없지 않아 여행으로 테마를 정해 전문성을 갖추게 되었다.

서가를 자세히 들여다보면 주인이 상당히 공을 들이고 있다는 걸 알 수 있다. 국내외 작가들의 여행기와 여행 에세이를 비롯해 여행지에 대한 문화와 역사, 그리고 인문학적 배경이 담긴 책들을 볼 수 있기 때문이다. 또한 여행가기 전 또는 여행을 다녀온 후 여독을 풀어줄 좋은 사진도 있다. 하지만 주인의 노력만큼 책은 잘 나가지 않는다. 보러 오는 사람은 많은데 사 가는 사람은 별로 없다고 한다. 큰 서점이든 작은 서점이든 책방이 가지고 있는 딜레마 중 하나다.

일단멈춤은 책방이기도 하지만 워크숍과 세미나, 공연이 활발하게 이루어지는 다채로운 문화공간이기도 하다. '책상'이란 이름의 워크숍은 책을 통해 생각을 교류하자는 의미로 만들어졌는데 소수의 인원들이 참가비를 내고 '트래블 진'이란 이름의 자신만의 여행 책자를 만들고 있다. 기획부터 편집, 내지 디자인과 유통까지 모두 다룬다. 6주 동안 매주 다른 과제를 수행하며, 작업이 끝나면 샘플을 만들어 보완한다. 많게는 100부 가량 인쇄를 하고 일단멈춤에서 먼저 판매한다.

책이라고 해서 거창한 형태의 단행본은 아니고 10페이지 정도의 짤막한 자신만의 여행기를 다룬 독립 출판물이다. 여행의 흔적들이 고스란히 담긴 사진, 메모, 일기 등을 기록으로 남기는 일 또한 자신의 내면을 여행할 수 있는 좋은 기회라는 생각

에 만들어졌다.

이외에 '프랑스어 맛 좀 볼까?'라는 재밌는 이름의 프랑스어 기초회화 강좌도 진행하고 있고 특정한 지역을 여행하고 돌아온 여행 작가를 초대해 독자들과 나누는 '여행 토크'도 인기 있는 프로그램이다. 이 모든 것들은 일단멈춤 블로그를 통해 참여할 수 있다. 또한 '홈메이드 콘서트'란 이름의 가정식 백반 같은 공연이 열리기도 하는데 운이 좋다면 골목을 걷다가 인디밴드의 음악을 들을 수 있다.

서가를 둘러보다 보면 여행 서적으로 무엇이 좋을까! 고민하게 되는데 그럴 때는 주인에게 부담 없이 물어봐도 된다. 여행에 관해서는 전문가이므로 그녀가 추천해주는 책을 읽으면 실패할 확률이 적어진다. 서가를 둘러보는 내게 주인은 김연수 작가의 《여행할 권리》를 꺼내주었다. 주인은 작가가 책을 쓰기 위해 머물렀던 외국의 도시들을 재밌게 풀어낸 에세이라고 설명하며, 멀리 장기 여행을 갈 때는 되도록 두꺼운 책을 가져가지 않는 것이 좋다는 유용한 충고도 잊지 않았다. 그러면서 여행 중에 읽기 제일 좋은 책은 시집이라며 중량에 대한 부담도 줄고 한 편 한 편 새로운 여행지처럼 다른 느낌을 준다고 덧붙였다.

고단하지만 즐거운 여행을 하고 있는 그곳을 나오며 나는 여행 가이드북의 원조라고 할 수 있는 붉은색 장정의 포켓사이즈만한 '베데커' 여행 가이드북이 생각났다. 독일의 출판업자인 카를 베데커가 만든 이 여행 안내서는 1828년 처음 출간 되었는데 E.M.포스터의 소설 《전망 좋은 방》이나 토마스 핀천의 소설 《언더 더 로즈》에도 등장하는 서양에선 꽤 유명한 여행 안내 책자이다. 그는 여행 중 자신의 경험을 세세하게 기록하여 책으로 출간함은 물론 여행지의 숙박업소와 음식점에 별점을 매긴 최초의 여행가이기도 했다.

과거 출판사와 잡지사에서 일한 경험이 있는 이 책방의 주인이 여행 관련 서적을 직접 만들어보고 싶다는 얘기를 하지 않았다면 기억 속에 덮어두었던 베데커란 책자는 떠오르지 않았을 것이다. 나는 그녀가 베데커만큼 유명한 여행 책자를 만들 수 있기를 바라며 골목길을 내려왔다.

이 문 좀 열어봐요!

- 도어북스door books -

도어북스
-
주소 대전 중구 테미로 48번지
전화 042-626-6938
홈페이지 www.doorbooks.net

'도어북스'의 문을 두드린 것은 부슬부슬 비가 내려 키가 낮은 건물들이 짙은 회색으로 물들어가던 어느 봄날이었다. 낡은 가옥과 오래된 간판, 색이 바랜 외벽과 모래의 질감이 느껴지는 담벼락이 길을 따라 드문드문 이어졌고, 처마에서 떨어지는 빗방울 소리만이 한적한 골목의 침묵을 소심하게 깨우고 있었다.

분갈이를 마친 듯 길가에 내놓은 정갈한 화분엔 초록의 이파리들이 작은 손을 내밀고 있었지만 꽃들의 상기된 얼굴과 마주치기엔 조금은 이른 날씨였다. 또한 거리에서 사람을 마주치는 일도 쉬워 보이진 않았다. 폭이 좁은 도로를 서로 조심스럽게 비껴가는 자동차만 보더라도 이곳이 도시의 외곽이란 사실을 알 수 있을 것 같았다.

도어북스를 알게 된 건 서울의 한 작은 책방에서 '독립 출판'이라는 새로운 형식으로 발행하는 출판물을 접하고 나서였다. 독립 출판은 기존의 출판 시스템과는 다르게 소규모로 발행하는 자가 출판으로 글쓰기부터 제작, 유통까지 저자가 도맡아 하는데 종이책이라는 사각 틀 안에서 자유롭게 이루어지는 새로운 창작 형태라고 할 수 있다.

현재 출간되는 독립 출판물은 에세이부터 일러스트, 잡지, 시집 등 장르가 다양하다. 이같은 출판물을 전문적으로 취급하는 책방을 독립 서점이라 부른다. 지금은 전국에 대략 50여 개 정도의 독립 서점들이 존재하지만 1년여 전만 해도 홍대를 중심으로 서울에만 집중되어있었고, 지방에는 몇 개 없었는데 그중 한 곳이 도어북스였다.

도어북스는 대전의 원도심인 중구 대흥동에 위치하고 있는데 대전테미예술창작센터와 가깝다. 대전테미예술창작센터는 '원도심을 문화와 예술을 통해 활성화 및 재생하기 위해 유휴공간이었던 (구)테미도서관을 활용하여 조성한 시각예술 레지던시'인데 우연일지 모르겠지만 책방의 주인도 대학에서 커뮤니케이션 디자인을 전공한 미술학도다. 책방을 열기 전에는 대전의 문화예술 잡지인 〈월간 토마토〉에서 편집 디자이너로 일하기도 했다.

그녀가 굳이 이곳에 책방을 연 건 대전 토박이로서 예전의 정취를 다시 느끼고 싶어서였다. 또한 청춘들의 발걸음이 끊긴 이

언제나 문이 열려있는 도어북스. 책방 주인의 교통수단인 자전거가 문지기처럼 서있다.

거리가 문화가 있는 젊음으로 활기가 넘쳤으면 하는 바람 때문이었다. 하지만 책방을 시작하기까지 어려움이 많았다. 마땅한 장소를 찾기가 쉽지 않았기 때문이다. 책방으로 안성맞춤인 자리는 주인이 불허했고 아니면 임대료가 비쌌다. 그렇게 1년여의 시간이 지나갔고 결국 대전 창업지원센터의 도움을 받아 2014년 6월, 지금의 자리에 들어설 수 있게 되었다.

책방 근처에 있는 대전 가톨릭 성모병원에 차를 세우고 소로를 따라 걸어 내려갔다. 넓은 유리창 두 개가 보이는 책방 앞에 이르렀을 때 먼저 눈에 띈 것은 입구 앞에 세워져 있는 자전거였다. 자전거는 작은 책방이라는 아날로그 감성과 잘 어울리는 소품 중 하나인데 주인의 충직한 교통수단으로도 이용된다. 다만 두 바퀴로 갈 수 있는 곳이 집과 우체국, 구멍가게라는 한계가 있지만 그것으로 효용가치는 충분해 보인다.

책방 앞 차도와 접해있는 보도 끝에는 예전 초등학교 교실에서나 볼 수 있을 법한 걸상과 함께 합판으로 만든 무릎 높이의 입간판도 서있다. 하지만 비가 내리는 날에는 우산에 시야가 가려 그냥 지나쳐 갈 수도 있을 것 같다. 책방은 붉은 벽돌이 박힌 기둥과 베이지색의 외벽이 적절한 조화를 이루고 있었고, 그 밑에 'door books'란 로고가 박힌 작은 간판이 거리를 내려다보고 있었다.

도어북스는 대전에서는 처음으로 문을 연 독립 출판 서점이다. '처음'이란 명사에는 시작과 용기란 의미가 담겨있으니 그 사실만으로도 상징성은 충분해 보인다. 이것이 내가 이 책방을 찾아오게 된 이유이도 했다.

대전에 내려가기 전 한 포털사이트에 나와있는 전화번호로 조심스럽게 '책방에 대한 얘기를 들어볼 수 있겠느냐'고 물었을 때, 주인은 매주 월요일은 책방이 쉬는 날이라고 그날만 빼고 언제든 열려있다며 흔쾌히 부탁을 수락했었다. 나는 부담 없이 도어북스의 은빛 손잡이를 밀고 안으로 들어갔다.

책방은 두 개의 공간으로 나누어져 있는데 출입구가 있는 곳이 '책의 공간'이다. 좌측 선반에는 디자인 서적이 열을 맞춰 세워져있고, 책방 가운데 위치한 테이블에는 크기와 내용이 다양한 독립 출판물과 그림엽서들이 투명한 비닐에 포장되어있다. 하지만 독립 출판물만 취급하다보니 책의 공간이 조금은 넉넉해 보이기도 한다.

독립 출판물의 경우 작가가 책을 출간하면 직접 독립 서점에 문의해 납품을 하거나 아니면 독립 서점이 작가에게 문의를 해서 입고가 이루어지는 위탁판매시스템으로 그만큼 많은 시간을 필요로 한다. 도어북스에서 판매되는 도서의 가격은 대략 4천 원에서 3만 원까지 다양하다. 책 이외에도 에코백과 휴대폰 케이스, 문구용품 등도 판매한다.

도
어
북

CHIC
ATLANTIC RECORDS

테이블 너머 깊숙이 들어간 곳에 주인의 작업실도 보였다. 넓은 책상 위에는 맥북과 디지털 카메라가 사이좋게 놓여있고 즐겨보는 디자인 서적들이 올려져 있다. 그녀는 책방 운영 중에도 간간히 의뢰가 들어오는 디자인 작업을 이곳에서 한다고 했다. 서적 판매와 강연이나 세미나만으로는 책방을 운영하기 어렵기 때문이다. 이런 열악한 경영구조에도 불구하고 1년 가까이 서점을 이끌어가고 있는 것은 도어북스가 문을 열 때 가졌던 신념 때문이다.

대전이라는 흥이 없는 심심한 도시, 색깔이 없는 무채색의 도시에서 무언가 재밌고 의미 있는 일을 하고 싶었다. 지역의 청춘들이 문화로 소통할 수 있는 곳이 필요하다는 인식과 함께 잡지사 근무 시절 알게 된 젊은 예술창작자들이 어울릴 수 있게 사람향기가 있는 공간을 만들고 싶었다.

나는 흰 벽으로 둘러싸인 '책의 공간'을 둘러본 후 문턱을 밟고 바로 옆 '사람의 공간'으로 이동했다. 이곳에는 넓은 탁자가 놓여있는데 강연이나 세미나, 공연과 전시가 이루어지는 문화적 공간이다. 한쪽 벽에는 독특한 문양의 작은 그림들이 전시되어 있고, 둥글고 따뜻한 불빛이 사람들이 앉았던 빈자리를 채우고 있다.

작년에는 영화잡지 《씨네 21》 최성열 사진기자의 강연과 재즈

피아니스트의 연주, 그리고 얼마 전에는 인디 가수의 동네 책방 콘서트가 열리기도 했다. 그리고 프리랜서 기자의 글쓰기 수업과 책방 주인이 진행하는 셀프 퍼블리싱 강좌도 진행한다. 책방 안에 이러한 공간을 마련한 이유는 처음 책방을 열 때 생각했던 목적과 부합한다. 책방이라는 것이 단순히 책을 판매하는 유통의 공간이 아닌 바쁜 일상 속에서 '쉼'이 존재하는 휴식의 공간으로 이용되기를 원했기 때문이다.

책과 사람이라는 두 개의 따뜻한 공간이 존재하는 책방을 더 자세히 들여다보면 지난 세월, 사람의 손때가 묻은 사물 몇 개가 책과 함께 조화를 이루고 있다는 사실을 알 수 있다. 우선 안정감 있는 모습의 묵직한 오디오에는 LP디스크가 올려져 있고, 그 아래 종이박스에는 도넛크기의 SP나 EP디스크가 가득 채워진 것이 보인다. 이 음반들은 주인의 친오빠가 취미로 모은 것들이라고 한다. 친오빠는 직장 생활과 책방 주인 사이에서 고민하던 그녀에게 결정적인 용기를 준 가족 중의 한 사람이기도 하다. 참고로 이 음반들은 책방에서 판매하는 품목이 아니다.

다음으론 서가 한 구석에서 사람의 공간을 향해 한쪽 눈을 크게 뜨고 있는 구형 프로젝터가 눈에 띈다. 일견 장식품처럼 보일 수도 있지만 강연이나 세미나 때 디지털이라는 자신의 본분을 잊지 않고 제 몫을 톡톡히 한다. 이렇게 많은 물건들 중 내 눈을 사로잡은 것은 단연 전화기였다. 20세기 유물처럼 보이지만 한때는 부의 상징이기도 했던 다이얼 전화기. 동그란 플라스틱 구멍 속에 손가락을 걸고 번호를 돌리면 특유의 금속성이 나던 이 전화기를 아직도 사용하고 있었다.

은색 오디오와 구형 프로젝터 그리고 검은색 다이얼 전화기 등이 책방의 이름인 'door books'와 깊은 연관이 있는 것처럼 느껴진다. 그 이유는 "서점이란 공간은 오래전부터 사람들의 사상이 만나고, 교류하던 곳"이라며 "door와 book이라는 균형 잡힌 시각과 들고 나가는 문이란 이미지를 통해 사람과 사람 사이, 세대와 세대 사이의 소통을 표현하고 싶었다"는 서점의 뒷이야기를 주인에게 전해 들었기 때문이다.

도어북스의 이러한 소통은 더 나아가 독자와 작가를 연결해주는 구름다리 같은 역할도 한다. 도어북스의 입구 한 벽에는 포토존이 있는데 책을 구입한 손님은 이곳에서 인증숏을 찍고 책에 대한 간단한 인상기를 적어주면 주인이 작가에게 메일로 전달해주는 식이다. 책에 대한 독자의 반응을 알기 어려운 작가에겐 고마운 시스템이다.

책방을 열고 나서 이곳을 찾아오는 손님들, 그리고 주변 지역 상인들과의 만남은 그동안 주인이 받아보지 못한 선물 같은 것이다. 멀리 서울에서부터 바쁜 시간을 쪼개 일부러 찾아온 중년의 신사와 군대에서 휴가 나올 때마다 찾아오는 구릿빛 얼굴의

병사, 그리고 책방과 이웃하고 있는 미용실과 작은 식당에서 가져다주는 음식을 대할 때면 행복해지는 마음은 어쩔 수 없다.

그녀의 말처럼 '지역민들에게는 새로움이고, 닫아두었던 문을 여는 것과도 같은 공간'이 된 것 같아 보람도 있다. 그녀가 책방을 열기 전 유럽 여행 중에 갔었던 파리의 아름다운 서점인 '셰익스피어 앤 컴퍼니'처럼 단순히 책만 파는 것이라 지역민과 손님, 그리고 작가들에게 감동을 줄 수 있는 공간은 여전히 진화 중이다.

책방에서 긴 시간을 보낸 후 문을 나서는데 유리창가에 서있는 통기타 하나가 보였다. 흡사 도어북스의 문을 지키는 보초 같았다. 하지만 기타는 보초가 아닌 주인의 친구였다. 혼자 있는 시간에 가끔 꺼내 연주와 노래를 한다고 한다. 주인이 기타와 친해지게 된 계기는 어느 날 우연히 듣게 된 러브홀릭의 노래와 연주 때문이었는데 그 매력적인 울림이 이상하게도 좋았다고 한다.

하지만 앞으로 통기타와 지낼 시간은 그리 많아 보이지 않는다. 도어북스의 문을 열고 들어오는 사람들이 많아질 것이기 때문이다. 나는 우산 속에서 통통 기분 좋게 울리는 빗방울 소리를 들으며 서울로 향했다.

붉은 천막의 인문학 전문 서점

- 조지 오웰의 혜안 -

조지 오웰의 혜안

–

주소 전북 전주시 완산구 서학로 25번지

전화 063-288-8545

"세계는 한 권의 책과 같아서 여행하지 않는 자는
오직 그 책의 한 페이지만 읽은 것과 마찬가지다."

- 성 아우구스티누스

어딘가로 여행을 간다는 것은 누가 봐도 즐거운 일이다. 하지만 몇몇 지인들에게 지방에 있는 작은 책방으로 여행을 간다고 하면 모두 의아한 눈빛으로 "거긴 왜?" 또는 "거긴 가서 뭐하려고?"라며 되묻는다. 또한 "먹고살기도 힘든데 책 읽을 시간이 어디 있냐?"라고 말하는 사람도 있다.

책 읽기와 책방은 여러 가지 이유로 우리 생활에서 점점 멀어졌다. 책방에 가려면 대부분 버스와 지하철을 타야 하는 수고를 더해야 하고, 여러 권을 살 경우 가방이 무거워지는 것을 감수해야 한다. 인터넷 서점을 통해 책을 주문할 수도 있지만 지금도 많은 사람들이 책방을 찾는 이유는 한 손에 잡히는 기분 좋은 중량감과 책을 펼쳤을 때 종이 특유의 흥미로운 향기를 직접 만날 수 있기 때문 아닐까. 시간을 두고 찾아가야 하는 번거로움에도 불구하고 새로운 세계를 담은 책들을 직접 만나 고를 수 있는 것이 책방만의 매력이다.

전주로 향하는 고속도로는 흐린 날씨 때문인지 한산했지만 동전주IC에 가까워오자 톨게이트를 빠져나가려는 차량으로 가득했다. 지방 소도시의 톨게이트가 저녁 무렵 왜 이렇게 붐비는지 이해할 수 없었는데 책방에 이르러서야 그 의문이 풀렸다. 다름 아닌 주말이면 관광객들로 붐비는 한옥마을 가까운 곳에 책방이 위치하고 있었다.

비에 젖은 전주천을 건너 서학동 예술인 마을로 향했다. 책방은 예술인 마을 초입에 있었는데 관광객들로 붐비는 한옥마을과는 달리 동네는 조용했다. 전주 서학동 예술인 마을은 지난 2009년 음악인 이형로와 소설가 김저운 부부가 터를 잡은 후 지금은 작곡가와 소설가, 화가, 행위예술가, 설치미술가, 사진작가, 가수 등 다양한 분야의 예술인 20여 명이 거주하고 있다고 한다. 나는 길 건너에 차를 세우고 노란 불빛으로 반짝거리는 책방을 바라봤다.

간판을 보면 그냥 지나칠 수 없을 만큼 강렬한 조지 오웰의 혜안.

책방은 미색과 회색의 벽돌과 타일이 모자이크처럼 박혀있는 깔끔한 분위기의 상가주택 1층 끝 한 모퉁이를 차지하고 있었다. 책방은 전면을 회색으로 감싸고 있어 별개의 공간으로 느껴졌고 그 옆에는 건물의 작은 쪽문이 비밀스럽게 닫혀있었다. 책방은 10평 남짓의 작은 공간처럼 보였는데 출입구 위에는 크고 넓은 붉은 천막이 달려있었고, 그 위에 인문학 전문 서점 '조지 오웰의 혜안'이라는 상호가 적혀있었다.

비밀스런 쪽문 위에는 책방 앞을 지나가는 사람들이 볼 수 있도록 책을 펼쳐 놓은 모습의 돌출 간판이 매달려 있었는데 책방

이미지와 썩 잘 어울렸다. 책방은 밖에서도 한눈에 내부가 훤히 들여다보였다. 창 안으로 보이는 엔틱풍의 전면 책꽂이와 책장들은 책과 함께 고급스러운 분위기를 연출하고 있었다.

책방 안으로 들어서면 중앙에는 테이블이 놓여있고 신간과 스테디셀러 위주의 책들이 자신의 얼굴이라고 할 수 있는 표지를 천정으로 향한 채 차곡차곡 쌓여있었다. 하지만 신간이나 스테디셀러 같은 시중에 잘 팔리는 책이 진열되어있지는 않았다. 테이블을 중심으로 둘러싸고 있는 벽에는 공간에 딱 맞게 주문제작한 고가의 책장이 빈틈없이 맞춰져 있었는데, 여느 동네 작은 책방에선 찾아볼 수 없는 풍경이었다. 대개 작은 책방은 비용 때문에 손수 나무와 앵글을 이용하여 책장을 제작하거나 저렴한 기성제품을 사용하는 경우가 많기 때문이다.

책장에는 인문학 전문 서점을 표방하듯 인문, 사회, 역사, 철학, 문학 등으로 잘 정리되어있었다. 책들의 면면이 무겁고 단단해 보이지만 교양 필독서로 읽기에 부담스럽지는 않아 보인다. 이러한 책장과 책의 컬렉션만 보더라도 주인이 책방에 얼마나 공을 들였는지 그 성의가 느껴졌다.

서가 뒤쪽 공간은 이곳을 찾은 손님들이 책을 읽거나 쉴 수 있는 공간으로 만들어졌다. 이곳에 앉아있으면 잘 꾸며 놓은 고급 서재에 와있는 느낌을 받을 수 있다. 에폭시나 타일 바닥이 아닌 나무로 된 마룻바닥은 그 편안함이 배가 된다. 이 공간에는 주인의 조그만 책상과 흔들의자가 놓여있으며 카운터 겸 작업실로 쓰인다. 주인은 이곳에서 단골손님에게 바둑을 배우기도 한다. 이 공간 안에 들어서면 아주 특별하게도 전면 중앙에 다

음과 같이 적혀있는 것이 눈길을 끌었다. 스위치를 올리면 환하게 불이 켜져 이 말들은 책방에서 더욱 빛났다.

"예술은 정치와 무관해야 한다는 의견 자체가 정치적인 것."

- 조지 오웰

"시대를 아파하고 세속에 분개하지 않는 시는 시가 아니다."

- 정약용

"단 한 줄로 표현할 수 있는 주제가 생각나지 않으면
그 글은 써서는 안 되는 글이네."

- 노무현

책방 주인이 존경하는 분들의 어록을 적어놓은 이 글들은 단순히 좋아하는 문구가 아닌 이 시대를 살아가는 주인의 좌우명 처럼 느껴진다.

책방 '조지 오웰의 혜안'은 이름에서 알 수 있듯 한 작가에 대한 동경이 묻어난다. 조지 오웰의 약자가 적힌 푸른색 바탕 위에 하얀 글자를 새긴 둥근 책방 로고를 보며 그에 대한 존경을 넘어 경외감까지 불러일으키게 했다.

조지 오웰은 1934년 11월부터 1936년 1월까지 런던의 'Booklovers Corner'라는 책방에서 일한 적이 있었다. 그때를 회상하며 쓴 《Bookshop Memories》란 에세이에서 '헌책방에서 일하던 때 주로 느낀 것은 정말 책을 좋아하는 사람은 드물다는 점'과 '책방이야말로 돈 없는 사람들이 오랜 시간 머무를 수 있는 유일한 곳'이라고 책방에서 일한 느낌을 적고 있다.

책방 점원에서 위대한 작가가 된 그가 쓴 글을 읽어보면 책방이 얼마나 고단한 공간인지 그는 일찍이 알고 있었던 것 같다. 그런데 한국에 그의 이름이 새겨진 책방이라니!

책방은 2014년 1월에 문을 열었다. 대학에서 불문학을 전공한 주인은 4년간 프랑스에 살았는데, 그곳에 살면서 동네마다 작은 책방이 있는 것을 보고 놀랐다고 한다. 그것은 동네 주민들에게 주는 편안함 그 자체였다. 그래서 한국으로 돌아가면 조용한 동네에 꼭 예쁜 책방을 차리고 싶다는 결심을 했단다. 그 후 한국으로 돌아와 광주에서 운영하던 어학원을 접고 생활무대를 전주로 옮겼다. 서학동 예술인 마을이 파리에서 살던 동네와 같은 정취를 풍기고 있었기 때문이다.

다른 작은 책방도 마찬가지겠지만 굳이 운영에 어려움이 많은 인문학 전문 책방을 연 데에는 주인만의 확고한 의지가 담겨 있었다. 책방이 점점 사라지고 학생들이 책을 읽지 않는 이유는 경쟁만 앞세우는 자본주의적 교육제도 때문이며, 여기서 비롯된 인문학적 소양의 결여가 이 같은 현상을 부추긴다는 것이었다.

그런 의미에서 조지 오웰이 《동물농장》을 통해 독재와 권위주의가 만연했던 공산주의 국가의 몰락을 풍자적으로 해석하고, 《1984》란 소설을 통해 국가와 권력, 빅브라더에 의해 조정되는 미래를 예견했듯이 이 세계를 바라보는 심미안적 혜안이 우리 아이들에게도 필요하다고 생각했다. 그래서 책방 이름도 조지 오웰의 혜안이라고 지었다고 말했다.

조지 오웰의 혜안은 강연이나 세미나, 공연 등 작은 책방에서 시도하는 실험적이고 획기적인 프로그램 같은 건 없다. 책방을 돌아다니다 만났던 한 책방 주인이 말했듯 '책방이라는 시장의 최전선'에서 '좋은 책'만이 독자들에게 전달되기를 희망한다. 하지만 주인의 의도와 생각만큼 인문학 서적의 판매는 많지 않다.

GEORGE
ORWELL
1903-1950
NOVELIST
& POLITICAL
ESSAYIST
LIVED HERE

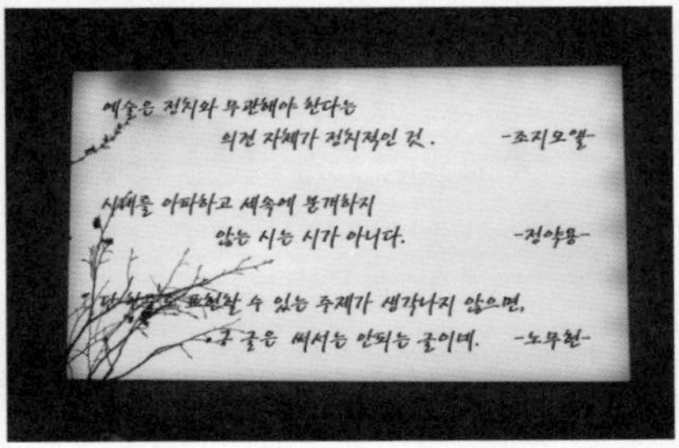
예술은 정치와 무관해야 한다는
의견 자체가 정치적인 것. -조지오웰-
시대를 아파하고 세속에 분개하지
않는 시는 시가 아니다. -정약용-
표현할 수 있는 주제가 생각나지 않으면,
그 글은 써서는 안되는 글이네. -노무현-

독자들은 주로 소설류의 책들을 자주 찾는다.

주인은 조지 오웰의 열렬한 애독자이기도 하지만 서스펜스나 미스터리의 광팬이기도 한데 책방을 나올 때 보니 벽돌 한 장만큼 중량이 나갈 것 같은 미스터리 비평 선집인 《죽이는 책》이 장식장 위에 홀로 서서 입구를 지키고 있었다. 나는 이 세상의 모든 책들이 죽음보다는 삶에 가까워지기를 바라며 주인과 인사를 나누고 책방을 나왔다.

옷방이 아닌 책방

- 북티크 -

북티크
-
주소 서울 강남구 학동로 105번지 제이빌딩 지하 1층
전화 02-6204-4774
홈페이지 www.booktique.kr

한참 책방을 찾아다니던 어느 날, 친구가 독특한 콘셉트의 책방이 있다며 운을 뗐다. '부티크'란 말은 들어봤어도 '북티크'란 말은 처음 듣는 소리였다. 또한 강남 하고도 논현동에 동네 책방이 있다는 얘기를 들었을 때 나는 그가 잘못 알고 있거나 다른 누군가로부터 잘못 전해 들었으리라 생각했다. 다른 곳도 아니고 강남에, 술집도 아니고 밥집도 아닌 책방이 있다는 말이 믿기지 않았다. 의심스러워하는 나에게 그가 스마트폰으로 검색해 기사 하나를 보여주었다. '책방의 변신 북티크 컬래버레이션 서점 오픈' 기사의 헤드카피가 여운처럼 남았다.

며칠이 지난 후 강남에 있다는 책방에 대한 궁금증이 침대에 누워있던 나를 자꾸 일으켜 세우기 시작했다. 요즘 작은 책방들이 무한 변신을 하고 있다고 하지만 '컬래버레이션'이라는 말을 붙인 책방은 처음 들어보았기 때문이었다. 나는 읽고 있던 소설을 책장에 꽂은 후 집을 나섰다.

아주 먼 기억이지만 90년대와 2000년대 초반만 해도 강남의 중심이라고 할 수 있는 강남역에도 책방 몇 개는 있었다. 지하상가에 있던 동화서적은 만남의 장소로 자주 이용했고 책방 이름은 기억나지 않지만 지금의 알라딘 중고 서점 쪽으로 가다 보면 최신 브랜드들의 경연장을 보는 것 같은 상점들 틈에 수줍게 서 있던 작은 책방도 있었다. 그때는 작은 책방이라도 종합 서점의 성격이 강했다.

내가 그 책방을 기억하는 이유는 90년대 중반 음란물로 판정되어 폐품처럼 일괄 수거된, 이제는 구하기도 힘든 장정일의 소설《내게 거짓말을 해봐》를 하루 차이로 구입하지 못한 안타까운 일이 있었기 때문이다. 하지만 그곳 역시 국내 굴지의 대형 서점이 들어오고 온라인 서점이 인기를 누리면서 사라졌다.

북티크를 찾아가는 길은 의외로 쉽다. 7호선 논현역 8번 출구로 나와 대로변을 20미터 정도 걷다 보면 엘지전자 대리점이 나오는데 그 옆 대형 건물에 자리하고 있다. 예전이라면 길 찾기가 어려웠겠지만 지금은 간단한 검색만으로도 손쉽게 위치를 찾을 수 있다.

책방이 많은 강북의 홍대나 연남동도 서울에서 유동인구가 많

책이
필요한
순간
북티크
Book
Coffee
Concert

기로 손에 꼽히는 곳이지만 책방들은 대부분 번화가에서 조금 떨어진 후미진 골목이나 아니면 동네의 허름한 건물에 들어가 있다. 그 이유는 책방이라는 업종 특성상 높은 임대료를 감당하기가 쉽지 않기 때문이다.

하지만 북티크는 이런 일반적인 선례를 깨고 그것도 고가의 임대료를 자랑하는 강남에 입성했다. 또한 가까운 곳에 대형 서점인 교보문고가 있어 책방이라면 아무도 엄두를 내지 않는 이곳에 당당히 도전장을 내민 것이다. 책방 주인 말대로 강남에 있는 주소로 책방이 등록된 것이 20년 만에 처음 있는 일이라고 하니 감개무량할 만한 일이다.

북티크는 유리창이 외벽을 감싸고 있는 고급스러운 건물 지하에 위치하고 있다. 지하로 내려가는 계단은 지하에 매장이 있는 다른 건물에 비해 아주 깊은데 족히 2층 정도는 더 걸어 내려가는 기분이다. 걷는 것이 불편하다면 엘리베이터를 이용해도 된다. 이곳을 처음 방문했을 때만 해도 책방이라기보다는 카페에 더 가까워 보였다.

입구에 들어서면 작은 책방일 것이라고 짐작했던 것이 여지없이 빗나간다. 높은 천정과 그 아래를 비추는 은은한 불빛, 탁 트인 공간은 책을 읽기에 쾌적할 뿐 아니라 안성맞춤이다.

책방은 시멘트 질감을 그대로 살린 회색이 주를 이룬다. 한쪽 벽에는 바bar가 있고 그 앞에는 강연회와 독서모임을 알리는 알림판과 책이 진열된 테이블이 놓여있다. 그리고 서가로 쓰이는 두 개의 벽 앞으로 10여 개의 테이블과 의자가 있다. 북티크의 공간 중 특이하다고 할 수 있는 것은 입구 정면에서 보이는 계단식 스탠드와 그 위로 긴 탁자가 놓인 회의공간이다. 소극장처럼 계단에 앉아 강연을 듣거나 공연을 감상할 수 있다. 회의실은 독서모임 때 주로 사용되는데 여러 사람이 참석하는 독서모임과 조용히 책에 몰두하고 싶어 하는 일반 손님을 함께 배려한 북티크만의 설계다.

책방 하면 벽마다 일사불란하게 여러 종류의 책들이 꽂혀 있을 거라 생각하지만, 북티크는 공간에 비해 보유하고 있는 장서가 600권 내외로 많지는 않다. 하지만 경제·경영, 인문, 역사·문화, 시·에세이, 자기계발, 잡지·예술 등 테마별로 정리해서 찾고 싶은 책이 있을 때 한눈에 잘 들어온다.

책을 선택하는 데 있어 공을 들인 모습이 역력하다. 특히 소설의 경우 국내외 작가별로 코너가 나누어져 있는데 손님들 취향에 맞춰 적극 추천도 해준다. 이유는 일반 독자들이 책과 친해지는 계기를 마련하기 위함이다. 부담 없이 가볍게 읽을 수 있는 책부터 시작해 점차 도서목록을 확대해 나가는 식이다.

하지만 책방에 들어왔다고 꼭 책을 살 필요는 없다. 북티크는 북카페의 역할도 함께하기 때문에 조용히 독서만 즐기고 싶다

계단식으로 꾸며진 내부는 공연장이나 강연장으로 사용하기 충분하다.

면 북카페에서 차나 음료를 주문한 뒤 편하게 앉아 책을 읽으면 된다. 가격도 일반 카페에 비해 저렴하다. 혹시 읽을 책을 사무실이나 집에 놓고 왔더라도 걱정할 필요가 없다. 북카페 안에는 다양한 읽을거리가 200여 권쯤 진열되어있기 때문이다.

북티크가 이 같은 책방을 열 수 있었던 이유는 기존 작은 책방이 갖고 있는 입지에 대한 역발상에서 시작했다. 임대료가 싸면 그만큼 유동인구가 적고 그렇다 보면 책방이 추구하고자 했던 컬래버레이션 서점, 책이란 도구를 매개로 할 수 있는 다양한 문화적 협업을 통한 독서의 대중화, 책 읽는 대한민국 만들기라는 궁극의 목표와는 거리가 멀어진다는 느낌이 들었기 때문이다. 그래서 임대료는 비싸지만 유동인구가 많은 곳으로 장소를 물색했다.

특히 생활의 대부분을 회사에서 보내는 직장인들의 경우 책을 접할 수 있는 시간과 공간이 제약되어있다는 점에 착안하여 아침이나 점심시간, 또는 퇴근 후 잠시 들러 책과 함께 쉴 수 있는 공간을 마련하게 되었다. 북티크의 기상시간은 책방치곤 아주 빠른 편이다. 아침 8시에 문을 열어 밤 10시에 문을 닫는다.

북티크는 일반적으로 동네에 있는 작은 책방과는 달리 개인이 아닌 법인으로 한국사회적기업진흥원이 주관하는 '사회적기업 육성사업'에 선정되어 '소셜 벤처 북티크'라는 이름으로 운영되는 사회적기업이다. 사회적 목적이 확실한 만큼 단순히 책만 파는 책방이 아니라 독서에 대한 새로운 문화를 만들고 잠재적 독자를 발굴하며 책과 밀접해질 수 있는 콘텐츠를 생산하는 공간을 지향한다.

책방 초기 '북모닝 클럽'이란 이름으로 시작했던 독서모임이 지금은 10개 넘게 운영되고 있다. 인문·사회학 도서 중심인 '월요 지적 감성'을 비롯해 경제·경영학 도서를 읽는 '월요 캐시 플로우', 자녀 교육과 관련된 독서모임인 '목요 오전 엄마' 등 주제도 다양하다. 금요일엔 다과를 즐기며 책을 읽는 '금요 심야 서점', 토요일 오전엔 아무 말 없이 책만 읽는 '토요 묵독 파티'도 운영한다.

그 외에도 역사책을 읽는 '일요 히스토리', 시집을 읽는 '일요 시를 위한 시', 영화 원작을 읽는 '일요 Books to movies' 등 각자 다른 분야에서 일하는 사람들이 모여 책을 읽고 자신의 생각과 경험을 얘기하고 토론하는 자리를 갖는다. 북티크에서 결성된 독서모임뿐 아니라 학교나 회사 등 외부에서 운영되고 있는 독서모임도 대관 신청만 하면 언제든 이용할 수 있다. 대관료는 무료이지만 참석 인원들은 필히 음료를 주문해야 한다.

동네 책방이라고 하지만 넓은 공간과 음향시설을 보유하고 있어 다양한 행사를 진행하기도 한다. 출판사와 함께 하는 북콘서트는 물론 작가와 에디터, 독자가 함께 만나 작품의 배경과 의도

를 직접 듣는 자리를 마련하기도 한다. 독자는 에디터를 통해서 편집 방향에 대한 설명을 들으며 책을 또 다른 시각으로 바라보고 이해하는 시간을 갖는다.

그 외에도 간간이 독자들과 함께 책을 읽으며 맥주파티를 하기도 하고 크리스마스이브에는 싱글들끼리 모여 밤을 새우는 등 다양한 이벤트를 통해 이곳을 찾는 손님들의 호기심을 자극한다. 지난가을부터는 심야 식당이 아닌 심야 책방도 선보였다. 주중 금요일 밤 10시부터 토요일 아침 6시까지만 진행하는 이 행사는 24시 서점에 대한 호기심과 수요가 있음을 확인해 적극 추진하게 되었다.

이처럼 북티크가 작은 책방과는 무관할 것 같았던 강남에서 단순히 책만 파는 곳이 아니라 문화적 소통도 함께 나누는 공간으로 안착할 수 있었던 것은 과거 출판사에서 영업마케팅을 담당하며 국내 출판 환경의 한계를 발로 뛰며 보았던 책방 대표의 경험이 큰 역할을 했다.

그는 책의 수요는 줄어들고 독서 인구 또한 감소하는 상황에서 기존의 독자를 유지하는 것만이 최선의 방책이 될 수는 없다고 생각했다. 독자수를 증가시켜야 출판시장과 환경도 좋아질 수 있다고 판단한 것이다. 숨어있는 독자들을 끌어내기 위해서는 책과 가까워질 수 있는 매개체가 필요했다. 그래서 생각한 것이 책방이었고 다양한 문화 활동이 공존할 수 있는 '컬래버레이션collaboration 책방'이 만들어지게 되었다. 책방 이름 또한 컬래버스럽게 '북book'과 개성 있는 소매점이라는 뜻의 '부티크boutique'를 합쳐 북티크가 된 것이다.

북티크의 로고는 둥근 시계를 닮았다. 멀리서 보면 정말 시계처럼 보인다. 그 안에는 마이크와 헤드셋과 찻잔과 펜촉이 9시부터 3시 방향에 걸쳐 그려져 있다. 이 로고부터가 콜라보를 떠올리게 한다. 어울릴 것 같지 않은 음색이 만나 멋진 앙상블을 이루듯 책과 사람과 커피가 어우러져 아름다운 시간을 만들어낸다. 그러므로 그동안 즐겨보지 못했던 색다른 유희를 즐기고 싶다면 북티크에 가면 된다. 책을 구입하면 커피는 공짜니까.

청춘, 그 푸른 물빛

- 인디고 서원 -

인디고 서원
-
주소 부산 수영구 수영로 408번길 28번지
전화 051-628-2897
홈페이지 http://www.indigoground.net/

누군가 우리나라에서 가장 아름다운 책방이 어디냐고 물어보면 나는 부산에 있는 '인디고 서원'이라고 답한다. 그럼 대부분의 사람들은 고개를 갸우뚱거리기도 하고 서울에서 너무 멀다는 무언의 표정을 짓기도 한다. 그러면 나는 부산에 갈 일 있으면 그 때 한번 가보라고 권한다. 백문이 불여일견이라고 직접 가보지 않고는 인디고 서원의 모습을 상상 할 수 없다.

나 또한 한 신문기사의 문화면을 통해 처음 인디고 서원을 접했을 때 우리나라에도 이런 서점이 있다는 게 반갑고 신기했다. 개점한 지 10년이 넘었다는 소식에 더 놀랐다. 책방이 하나둘 사라져가는 시대에 작은 규모의 동네 책방이 어떻게 한 자리에서 지속적으로 사람들에게 사랑을 받을 수 있는지 궁금했다. 그러다 부산에 가게 되었을 때 문득 눈여겨 보던 기사가 생각나 찾아가게 되었다. 그때 그곳에서 구입한 앙리 카르티에 브레송의 《영혼의 시선》을 꺼내 읽을 때면 저녁 햇빛에 쪽빛으로 물들던 책방의 잔영이 지금도 떠오르곤 한다.

인디고 서원은 대중교통으로 가기에 용이한 곳이다. 노포의 버스터미널이나 초량의 부산역에 내려 지하철을 타면 몇 번의 환승 끝에 남천역에 쉽게 도착할 수 있다. 출출하다면 시원한 국물이 일품인 부산의 명물, 꼬치 어묵을 사 먹어도 좋다. 지하철은 지상과 지하를 오가며 수시로 풍경을 바꾼다. 차창 밖 멀리 산자락에 빼곡히 붙어있는 가옥의 지붕과 벽들이 햇빛을 받아 패총처럼 반짝거리는 모습을 볼 수 있다.

남천은 바다와 접해있는데 이곳에서 조금만 가면 다이아몬드 다리인 광안대교가 나온다. 밤이면 휘황찬란하게 빛나는 다리는 천국으로 향하는 도로처럼 바다를 향해 뻗어있다.

남천역 1번 출구를 나와 기업은행을 끼고 돌면 좁은 길이 나온다. 이 길 어딘가에 인디고 서원이 있다. 길을 걷다 보면 건물 사이사이 여러 개의 길이 보이는데 쭈욱 직진하면 된다. 이곳은 부산에서 학원가로 유명한 동네로 알려져 있는데 '서울의 대치동과 같다'라는 말이 무색할 정도로 무수한 입시학원 간판을 볼 수 있다.

이런 동네에는 입시에 필요한 참고서와 문제집을 판매하는 서점이 있겠거니 생각하기 쉽다. 그러나 역설적이게도 청소년을 위

이 초록문을 열고 들어가면 '인디고 어린이'를 만날 수 있다.

한 인문학 서점인 인디고 서원이 그 자리를 차지하고 있다. '입시가 아닌 의미와 관계를 지향하는 진짜 수업이 세상을 바꿀 수 있습니다. 어떤 상황이 와도 우리 수업은 꿈과 희망을 노래합니다'라는 인디고 서원 책상 위에 놓여있던 글귀가 이를 대변하는 듯하다.

인디고 서원이 문을 연 건 2004년이었다. 책방 주인은 휴가차 떠난 유럽 여행에서 작은 동네 책방들을 둘러보았는데 돌아오는 비행기 안에서 책방에 대한 구상을 하게 되었다고 한다. 인디고 서원이란 이름도 이때 탄생했는데 우리가 알고 있는 옛 조선시대 서원을 뜻하는 것이 아니라 '생각하는 정원'을 말한다.

그리고는 얼마 후 작은 가게를 임대해 인문학을 표방한 책방을 열었다. 인문학을 가치로 내세운 것은 인문학 강사로 학생들을 오랫동안 지도한 경험도 한몫했지만, 인디고 서원 창립취지문에 나와 있듯 이 땅의 청소년들이 '사유할 수 있는 주체'로 성장하기 바라는 마음 때문이었다. 처음에는 13평의 작은 책방이었지만 지금은 4층 높이의 규모가 큰 서점이 되었다.

골목에서 인디고 서원을 바라보면 주변에 있는 다른 건물들의 모습과는 확연히 다르다는 것을 알 수 있다. 흰 벽처럼 생긴 기둥에 쓰여있는 푸른 글씨의 '인디고 서원'을 보지 못한다면 책방의 존재를 모르는 사람들에겐 이국적인 카페나 식당으로 오해를 받기에 충분하다. 화려하지 않으면서 단아하고 기품이 있다. 중국에서 직접 가져온 전돌로 지은 외벽은 고급스럽고, 초록의 창틀과 지붕은 따뜻한 감성을 불러오기에 충분하다.

건물은 총 4층으로 이루어져 있는데 지하에는 소극장이 있고 1층부터 어린이 책방인 '인디고 아이들', 청소년 인문학 서점 '인디고 서원'과 회의실, 4층 꼭대기에는 '빨강머리 앤의 다락방'이 있다. 다락방은 책방 주인의 개인적 용도로 만들어졌지만 지금은 손님접대나 휴게실로 쓰인다. 건물 뒤로는 작은 정원도 있다.

건물 좌측에 놓여있는 색이 바랜 벤치를 지나면 작은 정원으로 통하는 문이 있다. 그 안에는 나무와 꽃들이 바람소리에 귀를 기울이고 있다. 언젠가 이곳에 아이들이 모여 앉아 진지하게 토론하는 모습을 사진으로 본적이 있다.

인디고 서원은 '정세청세(정의로운 세상을 꿈꾸는 청소년, 세계와 소통하다)'라는 이름의 전국적인 청소년 토론회를 진행한다. 이 토론회의 주제와 내용을 책으로 묶어 출간하기도 했다. 또한 국내에선 처음이자 유일하게 청소년들이 직접 참여하여 만드는 청소년인문교양잡지 《인디고 잉indigo ing》을 2006년부터 발행하고 있다. 인디고 잉은 2007년 1월 국제신문 1면을 장식한 적도 있다. 동구의 보석이라고 불리는 철학자 슬라보예 지젝의 원고를 무료로 기고 받아 실었기 때문이다. 또한 국제판 인디고 잉의 경우 세계 20여 국에 판매되고 있다.

INDIGO

INDIGO

INDIGO
INDIGO

잠시 그곳에 서있으면 바위처럼 차가운 이성으로 바다처럼 넓은 세상을 바라보는 아이들의 이마가 절로 생각난다. 역시 서점보다는 서원이란 말이 푸른 잉크처럼 빛나는 인디고의 색감과 참 잘 어울린다.

출입문이 있는 1층은 동화 속 빨강머리 앤처럼 아이들이 좋아할 만한 그림책과 아동 도서들로 가득 채워져 있다. '인디고 어린이'라 불리는 공간인 만큼 예쁜 그림과 사진, 그리고 아기자기한 필기구와 캘린더들이 인테리어 소품처럼 어우러져 동화적인 분위기를 연출한다. 이 때문인지 서가를 구경하다 보면 아이 손을 잡고 들어오는 가족을 볼 수 있다.

인디고 서원은 조금은 복잡한 구조로 되어있는 건물이다. 그만큼 공간 활용도가 높다. 청소년과 성인들을 위한 인문학서적이 있는 2층으로 가려면 1층으로 들어왔던 출입문을 나와 건물 좌측 중앙에 있는 계단으로 올라가야 한다. 입구에는 당장 타고 달리고 싶을 만큼 눈에 띄게 탐나는 예쁜 자전거가 세워져 있다. 하지만 그보다 더 눈에 들어오는 것은 건물 사이를 뚫고 하늘로 솟아있는 키가 큰 은행나무이다.

처음에는 건물에 갇혀 사는 나무가 안타깝게 느껴질 수 있지만, 건물을 지을 때 나무를 살리기 위해선 어쩔 수 없었던 건축가의 고뇌가 전해지기도 한다. 인디고 서원의 공간은 여기저기

나무와 꽃들로 장식되어있다. 이곳에는 에어컨이 없으므로 밖으로 뜨거운 바람을 발산하는 실외기도 없다. 환경과 생명을 생각하는 생태 철학이 돋보인다.

2층으로 올라가는 계단에는 인디고 서원만의 인문학적 취향도 짙게 배어있다. 분홍색 연주회 포스터는 차가운 금속성의 배전판을 따뜻하게 가려주고 있고 체 게바라의 달력을 걸어놓은 보일러는 사시사철 온기가 사라지지 않을 것만 같다. 계단을 올라 햇빛이 환하게 비추는 복도를 지나면 인문학 서적으로 채워진 책장들이 보인다. 커다란 화분에는 넓고 큰 초록의 잎을 자랑하는 고무나무가 서점 이곳저곳에 서서 책들과 함께 숨을 쉬고 있다.

문학, 사회, 철학, 생명, 환경, 예술 등 6가지 테마로 정리해 놓은 책들 덕분에 인문학 서점의 전문성이 느껴진다. 특히 '청소년들을 위한 책은 쉬운 책이 아니라 누가 읽어도 가치를 얻을 수 있는 책'이라는 인식의 바탕 위에서 비판적 지성, 도덕적 품성, 예술적 감성을 기준으로 매달 책을 선정한다. 그 달의 추천도서 목록은 홈페이지를 통해 확인할 수 있다. 인디고 서원의 주체는 청소년이라는 말이 무색하지 않다.

서가는 외벽처럼 내벽을 장식하고 있는 전등과 엔틱풍의 가구가 만나 오랫동안 머물러도 지루하지 않다. 벽에서 우러나오는 은은한 색감 때문에 마음이 한결 차분해진다. 책을 좋아하는

독자라면 한번은 꼭 와봐야 할 책방이다. 외국 도서나 절판 도서는 비치용으로 판매는 하지 않고 서가 안에서만 열람할 수 있다. 인디고 서원은 철저히 도서정가제에 의한 판매방식을 취한다. '책의 가치를 온전히 인정할 때 출판사와 저자, 그리고 인문학 서점이 생명을 가질 수 있다'는 취지 때문이다.

인디고 서원은 책방과 별도로 '궁리'라는 출판사도 병행하고 있다. 이곳에서 출간된 책 중 《주제와 변주》는 매달 학생들이 주체가 되어서 열리는 인문학세미나의 이름인데 그때 다뤘던 주제와 토론 내용을 이곳에 참여했던 학생들이 엮어 출간한 것이다. 미학자 진중권, 역사학자 한홍구, 정치학자 박명림, 소설가 성석제 등 그동안 이곳을 다녀간 이들의 면면만 봐도 주제와 내용이 책의 두께만큼 만만치가 않다. 인디고 서원은 이같은 프로그램 외에도 일반인 독서모임인 '수요독서회'가 매월 둘째, 넷째 수요일에 진행된다.

인디고 서원은 인문학을 위한 문화공간으로써 예술가의 숨결이 느껴지는 건물과 함께 그 존재감이 확연히 느껴진다. 지방의 작은 동네 책방이 이제는 세계적 석학인 노엄 촘스키, 하워드 진으로부터 찬사를 받는다. '세상에 아름다움은 하염없다'는 신념으로 10년 넘게 걸어온 길이 끝이 아님을 안다. 책방을 나와 서울로 오며 로버트 프로스트의 시 〈가지 않은 길〉의 한 구절이 생각난 것은 우연이 아니다. 오래전에 다녀온 초록의 지붕이 아직도 눈에 선하다.

책들의 성지

- 보수동 책방 골목 -

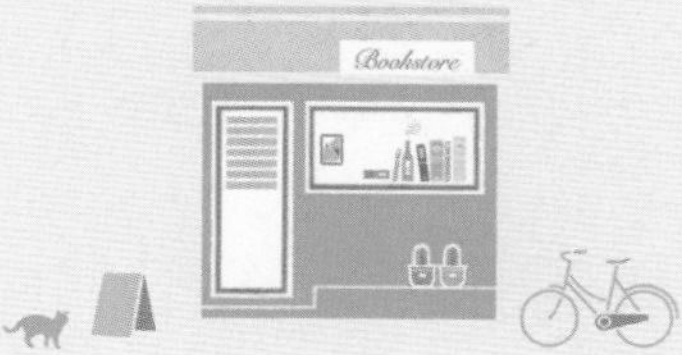

보수동 책방 골목

–

주소 부산 중구 보수동1가

홈페이지 www.bosubook.com

부산 남천동에 있는 인디고 서원에 들렀다가 해운대에서 하룻밤을 묵었다. 늦은 아침 해운대 달맞이 공원을 올랐다. 섬마다 피어있던 동백은 지고 벚꽃이 피고 있었지만, 해무에 가려 보이지 않았다. 올라가는 길 위에서 멀리 있는 바다를 보았다. 햇빛이 환한 시간에 달빛을 보려고 가는 것은 아닐 테지만 자동차가 줄지어 언덕을 올라갔다. 간혹 차를 세우고 난간에 서서 바다를 향해 셔터를 누르는 연인을 보았다. 동백을 보듯 벚꽃을 보듯 애인의 얼굴을 바라보는 모습에서 봄날은 봄날이었다.

부산에 갈 때면 꼭 들르는 곳이 있다. 보수동 책방 골목이다. 서울에도 청계천에 책방 거리가 있지만 예전과 달리 자리를 지키고 있는 책방이 많지 않다. 고등학생 때 학교와 청계천이 가까운 거리에 있어 친구들과 걸어서 자주 둘러보곤 했었다. 고물들의 천국이었던 황학동 벼룩시장을 지나면 책방들이 청계고가 밑으로 끝없이 이어졌다. 도로에 나와 있는 책들을 따라 청계 8가, 7가, 6가 내림차순으로 작아지는 이정표를 따라 걷다 보면, 어느새 차갑고 습한 기운이 감도는 세운상가 뒷골목에 가닿곤 했다. 오름차순으로 세월이 흐를수록 책에서 풍겨 나오는 곰팡내 그득하던 청계천 책방 거리는 점점 하나둘 시간 속으로 사라져버렸다. 그러나 서울에선 이미 사라진 책방골목이 부산에는 여전히 자리를 지키고 남아있다.

보수동 책방 골목에 가려면 부산역에서 보수동 방면으로 59번, 60번, 81번 버스를 타고 부평동이나 보수동 정류장에 내려 걸어가면 된다. 지하철을 이용할 경우엔 자갈치역에서 3번 출구로 나와 극장가 쪽으로 올라가 국제시장을 지난 뒤 대청로 네거리에서 보수동 방면으로 걸어가면 책방 골목이 있는 입구가 나온다.

지하철역을 나오면 영화 국제시장의 영향 때문인지 부평 깡통시장 쪽으로 사람들의 발걸음이 분주하게 움직이는 것을 볼 수 있다. 전반적인 경기에 비해 시장은 활기차 보인다. 예전 양키시장으로 불렸던 만큼 미제 물품이 수북이 쌓여있다. 어릴 적 같은 반 친구가 이민 간 친척에게 선물로 받았다며 파카 볼펜과 허쉬 초콜릿을 가지고 와서 자랑하던 모습이 생각나기도 한다.

깡통시장을 뒤로 한 채 길 건너를 바라보면 두꺼운 책의 형상

보수동 책방골목
61-4

여기 부터
책 방 골 목

한권당
1,000원

세기서적
TEL. 247-8368
소설및각종도서할인판
각종도서주문및택
초중고학원교재
참고서
초등학교
중학교
고등학교
신간소설
문화누리카드
모텔

대청로
67
Daecheong-ro
아동서적
교과서
소설·사전·고서
학문서점

으로 쌓은 책 탑이 보인다. 그 상징물 하나만으로도 그곳이 부산의 명물인 보수동 책방 골목임을 직감할 수 있다. 보수동 책방골목 문화관 앞에 세워진 책 탑에는 책방 골목 지도와 함께 '책은 살아야 한다'라는 글귀가 쓰여있다. 종이책 생사의 절박성이 느껴진다.

책방 골목 문화관은 부산민주항쟁기념사업회가 부산 중구청으로부터 위탁받아 운영하고 있는데, 총 8층 건물로 1층은 안내실, 2층과 3층에는 박물관이 자리하고 있다. 또한 4층은 다목적홀, 5층은 사무실, 6층과 7층은 책과 함께 차 한 잔의 여유를 가질 수 있는 북카페가 있고, 8층 옥상 정원에는 쉼터가 있어 책방 골목을 찾는 사람들이 쉬어갈 수 있게 꾸며져 있다. 이 건물을 중심으로 보수동 책방 골목은 동서로 길게 뻗어있어 '이곳은 입구'라고 쓰인 이정표의 의미가 무색하게 느껴진다.

어느 골목으로 들어가 책방을 산책해도 막혀있는 길이 없다. 좁은 골목 사이사이 빈틈없이 책으로 매워져 있는 책방 골목에서 볼 수 있는 건 오직 책, 책, 책뿐이다. 하지만 산책 중에 기름에 튀긴 고소한 크로켓과 설탕이 가득 묻어있는 찹쌀 도넛으로 간단하게 요기할 수 있는 허름한 분식집 하나 정도는 있다.

책방 거리를 걷다가 40년 넘게 책방을 운영하고 있는 한 주인을 만났다. 그는 책방 앞에 좌판을 깔아놓고 책을 팔고 있었다.

그는 방송국이나 신문사에서 많이 찍어간다며 은근슬쩍 다리를 꼬고 앉아 쌓아놓은 책 위에 손을 얹더니 먼 곳을 응시하듯 포즈를 취했다. 중고책만 취급한다는 이 책방은 시간을 거슬러 올라간 것처럼 오래전에 보았던 헌책방의 모습이 남아있었다. 지나온 시간을 지우듯 여러 번 덧칠한 핑크색의 낡고 허름한 서가와 손때와 먼지가 가득 묻어있는 노끈으로 묶어놓은 책 꾸러미들, 거기에 세간살이에 쓰이는 물건들이 작은 공간에 섞여 남루한 풍경을 보여주고 있었다.

'학문서점'이란 책방 이름답게 주로 참고서와 문제집이나 교과서 등을 취급하지만 손님이 원하면 그 외의 서적들도 구해준다고 한다. 주인과 얘기를 나누다가 좌판에 깔린 책 중 1991년에 출간된 네이딘 고디머의 《보호주의자》를 구입했는데, 헌책방에서 책과 함께 인생의 절반을 보낸 주인이 책에 대한 진정한 보호주의자 같아 보였다.

정오의 태양이 밤새 어둠 속에서 숨을 죽이고 있던 책 더미를 밝게 비춘다. 보수동 골목의 책방들은 대체로 오후 12시가 넘어야 책방 문을 연다. 그래서 이제 막 문을 여는 책방도 있고 이미 문을 열고 손님과 흥정을 하는 책방도 있었다. 그동안 텔레비전과 신문에 의해 많이 알려진 영향 때문인지 이곳도 국제시장만큼 많은 가족과 연인들이 카메라와 셀카봉을 들고 책방 골목을 거닐고 있었다. 많은 사람들이 관광지에 온 것처럼 책 앞에서 포즈를 취하며 카메라의 셔터를 연신 눌러대기도 했다.

국내에 유일하게 남아있는 책방 골목이다 보니 유명세를 타는 것은 당연한 일이지만 책은 안 사고 사진만 찍어 가는 것은 책방에 대한 예의는 아닌 것 같기도 하다. 그래서 몇몇 주인은 자신의 책방이 카메라에 담기기를 꺼렸다. 하지만 숨어있는 독자들에게 책과 가까워질 수 있는 계기를 만들어준 문화공간이 된 만큼 너무 야박하게 굴 일은 아닌 것 같다.

보수동에 책방 골목이 생겨난 건 다름 아닌 한국전쟁 때문이었다. 피난민들로 가득했던 부산은 또 다른 삶의 전쟁터가 되었다. 38선을 넘어 함경북도에서 피난 온 부부가 처음엔 헌 잡지를 사과 궤짝에 올려놓고 팔았다. 그러다 한 집 두 집이 이 골목에 가세하면서 피난 통에 가져온 책들을 내다 팔았고, 전쟁 통에 세워진 천막학교에서 나온 책들이 골목에 쌓이기 시작하며 지금의 책방 골목이 형성되었다. 사람들이 책을 사거나 팔려고 골목을 찾으면서 책방 골목은 부산의 문화적 명소로 변해갔다.

전쟁 중에 새 책을 만나기란 쉽지 않았을 것이고, 볼거리 읽을거리 또한 책뿐이었으므로 자연스럽게 고단한 피난생활에 위안이 되었다. 책방 골목은 피난 온 많은 지식인들이 지적 욕구를 채우는 공간이었고, 가족과 이별하고 피난 온 이산가족들의 만남의 장소이기도 했으며 연인들의 데이트 코스가 되기도 했다.

구석구석 책방 골목의 낭만이 숨어있다.

보수동 책방 골목의 전성기는 60~70년대였다고 한다. 그 당시 찾아오는 하루 방문객만 해도 수천 명은 되었고 책방도 70여 개나 됐지만 지금은 많아야 수백 명에 책방도 50여 개로 줄었다. 보수동 책방 골목에서 취급하는 책들은 초등학교부터 대학교까지 각종 참고서와 문제집, 교과서는 물론 방송교재와 실용서, 고서적과 외국 서적, 그리고 신간까지 무척 다양하다. 보수동 책방 골목은 책들의 성지이자 보고임이 틀림없다.

하지만 책방마다 취급하는 책의 종류가 다양하고 많아 원하는 책을 구하려면 발품깨나 팔아야 한다. 또한 미로처럼 서가가 꾸며져 있는 책방도 있어 책 속에서 길을 잃을 수도 있다. 책들은 얌전히 책장에 진열된 것이 아니라 통로에 쌓여있는 경우가 많아 책을 찾기 위해 들고 옮기는 수고도 마다치 않아야 한다. 헌책방이 이렇게 책을 세로로 쌓아둘 수밖에 없는 것은 수많은 중고책들이 유통되는 데 비해 공간은 한정되어있어 효율적으로 운영하려면 이 방법밖에 없다고 한다. 하지만 좋은 책을 찾는 괴로움은 오래된 헌책방에서만 누릴 수 있는 유희이기도 하다.

보수동에서 판매하는 중고책들은 새 책들과 비교하여 많게는 70% 적게는 40% 저렴하다. 주인과 흥정만 잘하면 더 싸게도 구입할 수도 있다. 게다가 책을 많이 구입한 경우에는 택배로도 보내준다. 하지만 교환이나 환불이 불가하므로 책을 구입할 때 꼼꼼히 살펴볼 필요가 있다. 맛있는 음식은 사두었다 먹지 않고 오래두면 상하지만, 좋은 책은 새 책이건 헌책이건 사서 오래 두어도 아무런 이상이 없다. 집 안의 공간을 차지하고 곰팡내를 풍기거나 먼지를 토해내기도 하지만 두고두고 먹어도 상하지 않는 유용한 양식이기 때문이다.

책방 골목에서 가장 눈에 띈 책방은 책이 산처럼 쌓인 곳도 아니고 엄숙한 모습으로 주인이 앉아있던 책방도 아니었다. 그 책방은 골목의 중간쯤 있었는데 셔터를 내려놓은 것도 아니고 휴무라는 표시도 없었다. 그렇다고 잠시 외출 중이라는 메모도 없었다. 하지만 책방에 들어가려 손잡이를 잡아당겼을 때 문은 열리지 않았다. 현관 앞에 내놓은 판매대는 넓은 천으로 가린 후 바람에 날아가지 않게 책으로 고정해 놓았고 그 외 책들이 꽂혀있는 책장은 그냥 방치되어있었다. 혹시라도 누가 와서 가져가면 어쩌나 하는 걱정스러운 마음이 들었지만 책이건 사람이건 믿음이 가야 한 번 더 읽게 되고 만난다는 사실을 주인은 아는 것 같았다.

책방은 낡고 허름해 보였지만 책방 골목에선 볼 수 없는 아기자기한 인테리어를 자랑하고 있었다. 한때 세계 복싱을 제패했던 파마머리가 돋보이는 장정구 선수가 메인표지로 실린 스포츠 잡지부터 가수 김건모가 실린 대중가요, 초등학교 교과서 등은 옛날의 향수를 자극했다. 그중에 눈에 띄는 것은 책방 주인이 친필로 적어놓은 글귀였다. 주인은 예전에 통용되던 천 원과 만 원짜리 지폐 옆에 '가난한 사람은 독서로 부자가 되고 부자는 독서로 귀하게 된다'라고 써놓았다. 돈보다 책을 귀하게 여기는 주인의 마음이 읽히는 헌책방 '책의 마음'에서 책을 사려고 1시간 정도 기다렸지만, 주인은 오지 않았다.

책방 골목을 걷다가 고지대의 주택가로 이어지는 가파른 계단을 보았다. 계단은 부산에서 흔히 볼 수 있는 풍경 중의 하나인데 이명세 감독의 영화 〈인정사정 볼 것 없다〉에 나오는 40계단만큼이나 책방 골목의 명소로 꼽힌다. 담벼락에는 어린왕자에 나오는 글과 그림이 함께 그려져 있다. 노랗게 익은 개나리 같은 별들이 계단을 따라 하늘로 올라가고 있었다. 그 담벼락 위로 고양이가 조심스러운 발걸음으로 봄볕에 졸고 있는 꽃들을 깨우며 지나갔다. 책방 골목도 봄날은 봄날이었다.

어느 책방의 추억

- 가가린Gagarin -

나는 책을 살 때 대형 서점보다는 작은 책방을 이용하고 헌책방도 자주 찾는다. 약속이 있어 서울에 나갈 일이 생기면 약속 시간보다 몇 시간 전에 나가 책방에 들러 시간을 보내곤 한다. 책방은 개인이 이윤을 추구하는 목적으로 운영하는 영업장 중 물건을 사지 않고 오래 머물러도 마음이 편한 장소일 것이다. 편의점에 들어가 물건을 사지 않고 오래 서성이거나, 카페에서 주문도 하지 않고 테이블만 차지한 채 몇 시간씩 앉아있는 것은 주인에게도 그렇지만 자신에게도 큰 고역이다. 그래서 보통의 사람이라면 남의 영업장에서 시간을 때우는 행동은 하지 않는게 일반적이다.

하지만 책방에서는 이런 일을 범해도 괜찮다. 책방은 남는 시간을 소비하는 곳이기도 하지만 그동안 몰랐던 세계를 접할 수 있는 곳이기도 하다. 책을 펼치기만 하면 역사부터 문화는 물론 숨겨진 미지의 여행지나 판타지가 펼쳐지기 때문이다.

많은 책방 중에서도 일부러 시간을 내어 특별히 찾아가는 책방이 있다. 젊은 날의 남루한 추억이 남아있는 서촌의 헌책방, 가가린이다. 그곳은 유년 시절에 뛰놀던 동네처럼 좁은 골목길이 미로처럼 나있고 낮은 담벼락과 기와로 덮인 지붕이 있는 곳이다.

서촌은 경복궁 서쪽에 있는 마을로 좀 더 자세히 말하면 인왕산 동쪽과 경복궁 서쪽 사이, 청운효자동과 사직동 일대를 말한다. 조선시대 북촌에는 양반들이 많이 살아 궁궐 같은 기와집이 많고 서촌은 주로 중인들이 살아 작고 아담한 한옥이 많았다. 또한 해방 전후로는 많은 예술인들이 서촌에 살았다. 화가 이중섭이나 이상범, 박노수는 물론 시인 이상이 잠시 기거했던 집과 윤동주가 연희전문학교 재학 중 하숙을 했던 집이 있다.

이상의 집은 옛 집터에 새로 지은 건물로 20평 남짓밖에 되지 않는다. 이와는 대조적으로 1937년 일제 강점기때 지어진 이층집도 있는데 친일파 윤덕영이 자신의 딸을 위해 지은 것이다. 이 집은 1972년에 동양화가 박노수 선생이 사들여 소유하고 있다가 서울시에 기증하여 종로구에선 최초로 구립 미술관이 되었다. 이처럼 서촌은 아픈 역사와 전통을 갖고 있다.

독특한 디자인의 간판이 매력적이다.

요즘은 모던한 분위기의 카페와 상점들이 서촌의 풍경을 함께 채우고 있다. 달콤한 에그타르트를 파는 가게와 아기자기한 소품들이 가득한 편집숍, 이탈리아 식당들이 골목에 나와 과거와 현재의 도시 풍경을 보여주고 있다.

책방 가가린은 경복궁 서쪽 담벼락이 보이는 곳에 예쁜 엽서처럼 꽂혀있는 작은 책방이다. 무채색의 벽돌과 회색의 페인트가 만나 적절한 조화를 이루는 건물은 지은 지 오래되어 보였다. 밖으로 돌출된 색이 바랜 붉은 배관은 주변 건물보다 이국적인 정취를 느끼게 했다. 책방은 이 건물의 1층에 있었는데 영문으로 쓴 독특한 디자인의 간판이 책방에 들어서기 전 눈에 먼저 들어왔다.

책방 중앙에 나있는 출입구는 좁아 그 앞을 손님이 가로막고 있으면 왠지 들어가기가 부담스러웠다. 하지만 이 작은 책방의 문을 열고 들어서면 환한 햇빛이 따라 들어와 판매대 위에 놓인 책들 사이를 굴러다녔다. 책방은 단지 책을 보러 오는 것뿐만 아니라, 일상에서 마주할 수 없는 낯선 분위기와 한가로움을 즐기러 오는 곳이라는 것을 가가린을 통해 새삼스럽게 알게 되었다.

책방 가가린은 세계 최초의 우주비행사, 지구가 푸르게 빛난다는 사실을 우주에서 최초로 목격한 남자, 러시아의 유리 알렉세예비치 가가린에서 따왔다. 그 이름과 어울리게 가가린은 우리나라 최초 독립 출판 1세대로 꼽힌다. 처음 가가린을 마주했을 때 책방 어디에서도 헌책방의 모습을 찾을 수 없었다. 헌책방이라고 하면 흔히 볼 수 있는 허름한 간판이나 돌탑처럼 불안하게 쌓여있는 책들도 이곳엔 없었다.

사실 가가린의 존재는 처음 그곳을 방문하기 이전부터 알고 있었다. 가가린은 서촌 담 너머로 소문이 자자했다. 책방에 관심이 있는 사람이라면 거의 다 알고 있다고 해도 과언이 아니었다. 정확하게 어디에 어떤 모습으로 있는지 몰랐을 뿐이다.

가가린이 서촌 자하문길에 들어선 것은 2008년 6월이었다. 이곳 근처에 있는 디자인 공방, 갤러리 팩토리, 카페mk2, 건축가 등이 함께 만들었다. 수익을 내려는 목적이 아닌 서로가 책을 돌려보는 동네의 작은 도서관으로 먼저 만들어진 곳이어서 책방은 공익적인 성격이 강했다. 그러다 최소의 유지비용을 위해 헌책방으로 바뀌었고, 이런 이유로 책방은 회원제를 통한 위탁판매 시스템으로 운영되었다. 연회비는 2만 원, 평생 회원비는 5만 원인데 회원이 되었다고 어떤 책이든 위탁할 수 있는 것은 아니다. 특히 참고서와 수험서는 받지 않았다. 가가린은 7평 남짓되는 작은 공간이었지만 의외로 책들이 많았다. 흰색 철재로 만들어진 서가에는 소설부터 미술, 건축, 인문 서적들은 물론 독립출판물까지 다양한 종류의 책들이 빼곡했다. 특히 눈에 띄는 책은 디자인과 미술 서적들이었는데, 이 책들을 사러 오는 손님

Gagarin

들 때문에 가가린이 널리 알려진 측면도 있었다. 그리고 가가린은 책 이외에도 회원들이 쓰던 물품과 핸드메이드로 제작된 엽서나 필기구 등을 판매하여 주말이면 연인들과 여성 손님들로 책방이 가득 채워졌다.

가가린은 동네에 있는 작은 책방이었지만 전국적인 책방이기도 했다. 독립 출판 초기에는 독립 출판물을 판매하는 곳이 많지 않아 관심있는 독자들은 이곳까지 찾아왔다. 독특한 이름의 책방은 기존 헌책방에서는 볼 수 없었던 세련된 분위기로 연인이나 새로운 문화공간에 대한 욕구가 강한 젊은이들의 카메라에 담기곤 했다. 그래서 책방에 들어서면 갖가지 향수와 책에서 풍겨 나오는 종이 냄새로 독특한 향기가 났다.

가가린의 내부는 지구로 귀환하는 셔틀처럼 좁아서 손님들이 많으면 무중력의 공간을 유영하듯 책과 엽서, 필기구들을 집었다 놓음이 불편했고, 서가에서 서가로 이동할 때는 스쳐 지나가듯 서로가 조심스럽게 피해 다녀야 했다. 하지만 책을 구매하는 손님을 보기란 우주인을 가까이서 보는 것만큼 어려운 일이기도 했다. 직원 또한 손님들과는 무관한 존재인 듯 조정석처럼 비좁은 의자에 앉아 묵묵히 계기판을 바라보듯 노트북을 쳐다보고 있었다. 모두 서있는 이 작은 공간 안에서 굳건히 앉아있는 것도 대단한 인내심이 아니면 견디기엔 힘들어 보였다.

가가린에선 각종 전시회도 열렸는데 안쪽에 있는 작은 공간에는 '온그라운드 지상소'라는 이름의 갤러리가 있다. 1940년대 지어진 적산가옥을 개조한 별개의 공간이었지만 가가린을 통해 안으로 들어가 전시회를 감상할 수 있다. 이 공간은 광화문의 트윈트리타워와 화천에 있는 소설가 이외수의 집필실과 문학관을 설계한 건축가 조병수 선생이 직접 설계하고 운영하는 곳이다.

이 갤러리가 재미있는 점은 헌책방 가가린과 맞닿아 있는 벽을 터서 두 공간을 서로 연결했다는 것이다. 문을 열면 책방과는 다른 세계인 이색적인 광경이 눈을 즐겁게 했다. 하지만 주변의 볼거리는 물론 책방 안에 읽을거리가 많았던 가가린은 2015년 10월 홀연히 지구를 떠나 우주 속으로 사라졌다.

작은 책방들이 그렇듯 경제적인 어려움, 임대료 상승이 원인이라는 설이 있었지만 그런 이유 때문이라고 생각하고 싶지는 않았다. 오랫동안 독자들로부터 사랑을 받았던 책방이 그런 이유로 사라진다면 책을 대하는 이 사회의 태도가 너무 비참하다고 생각되었기 때문이다.

책방이 문을 닫았을 때 그곳을 다녀간 손님들로부터 받은 애도의 메시지에서도 근사한 공간이 하나둘 사라지는 것에 대해 걱정과 아쉬움이 가득했고, 한 일간지는 동네의 작은 책방 폐업 소식을 보기 드물게 기사로도 전했다. 그만큼 주목받았던 공간

주차
금지

이 사라짐에 대한 안타까움의 방증이었다.

이제 책방은 사라졌고 책방이 사라졌기 때문에 일부러 서촌까지 갈 일 또한 생활 속에서 사라져버렸다. 하지만 가가린에서 단돈 천 원에 산 이세룡 시인의 오래된 산문집과 워크룸프레스에서 출간한 제안들 시리즈 중 아홉 번째인 로베르트 무질의 《생전유고/어리석음에 대하여》 그리고 몇 권의 책들이 책장에 꽂혀있는 것으로 위안을 삼는다. 하지만 표지를 펼치다 보면 그때의 시간과 장소가 적혀있어 책방 가가린의 풍경이 빛이 바랜 표지 위로 떠오르곤 한다. 지난 추억은 추억일 뿐이라고 하지만 응달에 쌓여있는 눈처럼 추억은 한동안 마음속에서 잘 녹지 않을 것 같다.

초능력을 보여줘!

- 다시詩 서점 -

다시 서점

-

주소 서울 용산구 이태원로42길 34번지 지하 1층

홈페이지 www.dasibook.com

여름이었고 오후의 한낮이었다. 폭염주의보가 수신되었다. 잠시 햇빛을 피해 들어온 은행나무 아래 서서 수신된 메시지를 지웠다. 그리고 다시 걷기 시작했다. 한남동 제일기획 건물을 끼고 언덕을 올랐다. 고개를 비쭉 내밀어 계단이 놓인 골목을 바라보며 생각했다. 저 위 어딘가에 혹시 내가 찾고 있는 책방이 있지 않을까! 하지만 지도는 반대쪽을 가리키고 있었다. 부지런히 잘못 든 길을 되돌아가기 시작했다.

햇빛을 반쯤 가린 시선 위로는 간판이 보이지 않았다. 언덕 아래 붉은 벽돌로 지어진 건물 앞에 나란히 앉아있는 키 작은 책상들만 보였다. 문득 손택수 시인의 〈언덕 위의 붉은 벽돌집〉이란 시가 생각났다. '원고지 붉은 빈칸 속' 같은 벽돌들이 햇빛에 달구어져 붉게 빛났다. 경사로에 위태롭게 기울어진 1층 가게 앞에 흰 백묵으로 꾹꾹 눌러 쓴 글씨가 초록 칠판 위로 선명하게 보이기 시작했다.

'다시 서점, 시詩'

동네에 있는 작은 책방이란 대체로 다양한 서적들을 구비해 놓고 판매를 하는데 요즘은 꼭 그렇지만은 않은 것 같다. 일전에 갔었던 여행 책방인 '일단멈춤'도 그렇고 '북바이북' 소설점도 한 가지 서적만 전문적으로 취급해 작은 서점으로 특화된 경쟁력을 갖추고 있었다.

길을 돌고 돌아 찾아간 다시 서점도 시집만 전문적으로 취급하는 시 전문 책방이었다. 현재 출간되고 있는 시집부터 중고 시집, 그리고 독립 출판한 시집까지 다양하게 비치해 놓고 있었다. 책방을 연 지 얼마 되지 않아 아직은 많은 책이 입고되어 있지 않았지만 시를 좋아하는 독자들에겐 반가운 책방이 아닐 수 없다.

이 책방의 주인은 얼마 전 SNS를 통해 '중고 시집 600권이 입고되었다'고 알렸다. 나는 그동안 읽고 싶었지만 절판되어 살 수 없던 시집이 있을까 하는 마음으로 이곳을 찾았다. 그리고 무엇보다 서점 주인이 무려 네 권의 시집을 독립 출판한 시인이라는 데 더 마음이 끌렸다. 시집만큼 독자들과 가깝고도 먼 책이 없는데 그가 다른 책도 아닌 시집을 그것도 독립으로 출판했다는

고양이 '어버'가 잠을 자는 테라스와 그네.

이야기를 들으니 독립군처럼 용감하다고 생각했다.

책방 안으로 들어서기에 앞서 나는 현관 옆에 붙어있는 '초능력'이라고 쓰인 문패만 한 크기의 간판을 보았다. 무슨 조화인지 이상하게도 그 작은 글씨가 눈에 잘 띄었다. 초능력이란 저녁 5시가 되면 초능력처럼 다이닝바dining bar로 바뀌는 이 가게의 또 다른 이름이다. 나는 책방 앞 테라스에 놓여있는 책상 위에서 당당하게 책방을 지키듯 보초를 서고 있는 시집들을 바라본 후 안으로 들어갔다.

책방은 작고 아담했는데 벽면과 테이블은 시집들로 가득했다. 나는 한 마리 핑크색 오리가 앉아있는 테이블로 가서 앉았다. 그리곤 더위를 식히기 위해 맥주 한 잔을 주문했다. 김광석의 노래에 나올 법한 서른 즈음되어 보이는 남자가 맥주를 가지고 와서 테이블에 앉았다. 그가 이 책방의 주인인 김경현 시인이다.

그는 시인이나 소설가가 되기 위해 거쳐야 하는 등단이란 제도를 거치지 않았다. 하지만 누구보다 시를 사랑하고 그래서 시를 쓴다. 그는 작년 4월부터 '시월세집'이란 프로젝트로 시집을 출간하여 플리마켓을 통해 2천 부 가량 판매했다. 그가 낸 시집의 제목을 살펴보면 이별에 대한 시를 모은《이별의 도서관》, 시민사회와 정치에 대한 시를 모은《국회의 사당》, 꽃을 소재로 한《꽃 같은 세상》 등이다.

그가 지난겨울 네 번째로 출간한《시집살이》 출간에 앞서 겨울만큼이나 혹독한 이 시대에 청춘으로 살아가는 의미에 대해 쓴 글을 읽다 보면 마음 한구석이 슬픔으로 잠겨온다.

"굶주림과 가난으로 세상을 비관하는 것이 아니라 담대하게 조롱함과 동시에 집을 살 수 없는 우리 세대를 향해 쏟아지는 시선에 대한 풍자, 시를 팔아 월세를 낸다는 유치한 말이 사실은 시와 삶을 살아내는 것이 하나가 될 수 있다는 기대, 등단이나 추천을 통해 시인이라는 명예로운 칭호를 얻는 것이 아니라, 시를 쓰고 시처럼 살고 시로 삶을 살아내는 것이 앞선 시인들에 대한 존중과 존경일 것이라는 생각'이 제가 시월세집 프로젝트에 담고 있는 의미입니다."

다시 서점이란 이름으로 책방을 오픈한 것은 2014년 5월이었고 책방의 위치도 이곳이 아닌 종로 4가였다. 그런데 그가 왜 한적한 산동네로 그것도 본격적으로 겨울이 시작되는 12월에 이사를 했는지는 말하지 않아도 알 수 있을 것만 같았다. 책방을 이사한 그해 겨울, 네 번째 시집인 《시집살이》를 출간하며 '판매 수익금 전액이 자신의 소중한 월세로 쓰인다'고 당당하게 밝힌 이유가 모든 것을 설명하고 있었기 때문이었다.

작은 책방을 운영하는 데 가장 힘든 점은 단연 열악한 수입구조다. 그래서 작은 책방들은 다양한 문화이벤트를 통해 작지만 수익이라고 할 수 있는 것을 창출해내고 있다. 하지만 그는 시

전문 책방의 역할만 충실히 하고 싶다고 했다. 그러면서 책에 대한 체계적인 공부를 하기 위해 언젠가 독일에 있는 서점 학교로 유학을 가고 싶다는 포부를 밝혔다. 시를 써서 먹고사는 일도 힘든 일처럼 보였지만 책을 팔아 먹고사는 일은 더 힘들어 보였다. 하지만 그는 자신의 일에 만족하며 즐거워하는 것 같았다.

한참 그의 이야기에 빠져 있는데 가뜩이나 무더운 여름날 검은 옷을 걸쳐 입은 손님 하나가 가게 안을 기웃거리며 들어왔다. 골목길에서 노숙을 하며 살아가고 있다는 불손한 네 발 달린 손님은 책방 안을 한 바퀴 돌더니 길게 하품을 하곤 볕이 잘 드는 현관 앞 테라스에 누워 오수를 즐겼다.

이젠 책방의 한 식구처럼 느껴지는 이 검은 고양이의 이름은 '어버'인데 이곳을 배회하는 다른 영악한 놈들에 비해 어리바리하다고 해서 시인이 붙여준 이름이다. 제 집인 양 어슬렁거리며 돌아다니는 폼이 이 작은 공간에 익숙해 보인다. 가게를 찾은 손님들이 먹을 것을 던져주다 보니 때가 되면 테라스에 앉아 주인이라도 되는 양 매일 가게를 지키고 있다고 한다. 지저분한데 나름 귀여운 놈이다.

나는 잠시 밖으로 나가 그와 담배를 피웠다. 그러다 창문에 붙어있는 사진 하나가 눈에 들어왔다. 테라스에 내놓은 화분을 누군가 들고 가서 그 화분을 찾는다는 내용이었다. 개나 고양이

돈보다 여자

시다발

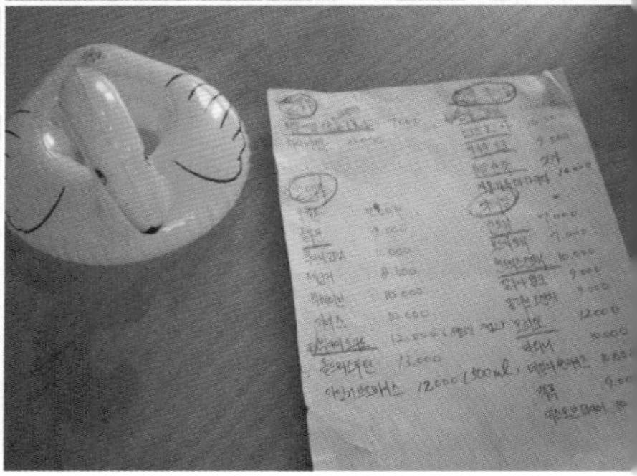

를 찾는 광고 문구는 봤어도 화분을 찾는 광고 문구는 처음 보았다. 하지만 3년 동안 가족처럼 지냈다고 하니 그럴 만도 했다. 지난 봄날 가난한 그가 책방을 방문한 손님들과 정서를 함께 나누고 싶어 꽃씨를 선물했다는 얘기를 들으니 잃어버린 화분을 찾고자 하는 그의 마음이 십분 더 이해가 되기도 했다.

나는 그에게 좋아하는 시 한 편 있으면 소개해 달라고 했다. 그는 머리에 쓰고 있던 야구 모자를 고쳐 쓰더니 박철 시인의 〈영진설비 돈 갖다 주기〉란 시를 좋아한다고 했는데 이유는 단순하게도 그의 아버지가 서울 어느 작은 동네에서 설비가게를 운영하고 있기 때문이란다.

돈도 안 되는 일만 한다고 핀잔을 주는 아버지지만 이 시를 읽으면 아버지가 생각난다고 그는 말했다. 나는 그가 이 시에 나오는 화자처럼 현실과 이상 사이에 존재하는 사람처럼 보였다. 대학에서 음향을 전공한 그답게 세상에 들리는 민감한 소리를 담아 시를 노래하는 이야기를 들으며 언젠가는 영진설비 그 너머까지 노랫소리가 울려 퍼질 것만 같다고 생각했다.

어느새 시간을 보니 그가 초능력을 발휘할 시간이 다가오고 있었다. 오후 5시, 여름날 저무는 햇빛처럼 느리게 그가 테이블에 진열되어있던 책들을 정리하는데 순식간에 책방이 술집으로 변했다. 그리고 오후 내내 벽에 붙어 책방을 내려다보고 있던 시집들이 노란 불빛에 반짝였다. 세상에서 이보다 멋진 소품은 없을 것 같다는 생각이 들었다. 그의 발걸음 뒤로 고양이 어버가 졸졸 따라다녔다. 나는 잔에 남아 있는 식은 맥주를 마신 후 책방을 나와 우사단 길을 향해 걸어갔다.

ps. 다시 서점을 다녀온 후 얼마 지나지 않아 책방은 작은 테라스가 있던 건물에서 제일기획 건너편 골목으로 이전했다. 그 이유가 다이닝바를 겸하고 있는 책방이 너무 시끄럽다는 것이었는데 건물주의 변명이 좀 초라해 보인다. 아니, 책방이 시끄럽다니…. 하지만 책방 이름에서 알 수 있듯이 다시 서점은 다시 시작되었다. 어느 건물 지하의 가정집으로 쓰였던 공간을 얻어 2주 만에 공사를 마치는 초능력을 발휘했다.

설비가게를 하시는 아버지 도움을 많이 받았고 주변에 지인들도 일손을 거들었다. 고양이 '어버'가 잠을 자던 아담한 테라스는 이젠 없지만 대신 시집을 읽기에 좋은 아늑한 방이 생긴 것으로 위안을 삼는다. 다시 서점을 상징하는 색은 짙은 초록이다. 그 초록의 공간들이 이곳에서 사시사철 나무처럼 빛나기를 바랄 뿐이다.

시간을 파는 헌책방

- 디스레트로라이프This retro life -

디스레트로라이프
-
주소 서울 용산구 보광동 265-963번지 1층
홈페이지 http://blog.naver.com/rattlebag

이태원 우사단길에 있는 'This retro life(이하 레트로)'란 헌 책방을 만난 것은 우연이었다. 한남동에서 다시 서점을 운영하는 김경현 씨와 책방에 대한 얘기를 나눈 후 헤어지는 길에 그는 시간이 있으면 우사단 길에 한번 들렀다 가라고 말했다. 경리단길에 비해 볼거리는 많지 않지만 독특한 상점들이 하나둘 개점을 하고 있다고 권했다. 우사단길은 계단 장으로 유명한 곳인데 매월 마지막 주 토요일 가파른 콘크리트 계단에서 플리마켓이 열린다. 평일 늦은 오후의 한가함도 채울 겸 그가 손짓으로 알려준 골목을 향해 걸어갔다.

비탈에 서있는 위태로운 가옥들을 지나 사람들의 발길이 뚝 끊긴 한산한 계단을 올라서자 이슬람중앙사원으로 올라가는 입구가 보였고 지나온 골목길에 비해 아주 넓고 평탄한 길이 나왔다. 이 길을 중심으로 붉은 벽돌로 쌓은 낡고 오래된 2층과 3층 건물들이 좌우로 늘어서 있었는데 21세기 이전으로 돌아가 어릴 적 살았던 동네에 와있는 기분이 들었다. 하지만 이슬람 전통 음식을 파는 할랄 식당과 식료품점, 빈티지하며 감각적으로 꾸민 공방과 작업실들로 인해 그 기분은 금세 이국적인 정취로 바뀌었다. 기도시간에 맞춰 복장을 갖추고 삼삼오오 사원으로 향하는 많은 무슬림을 보는 것도 색다른 경험이었다. 나는 얼마 후면 들릴 기도소리를 뒤로 한 채 상점들을 기웃거리며 걷기 시작했다.

이마에 맺힌 땀이 마를 때쯤 '아오이 소라는 없다'는 이름의 낮술집과 마주보고 있는 한 가게 앞에 섰다. 가게 앞 좌판 위에 벌려놓고 파는 손목시계가 작은 물고기처럼 햇빛에 반짝거려 그냥 지나칠 수 없었다. 나는 좌판을 뒤적거리며 낚을 만한 것이 있는지 찾다가 자연스럽게 가게 안으로 눈길을 돌렸는데 유리창에 다음과 같은 문구가 쓰여있었다.

'예술가를 위한 헌책'

'수집가를 위한 헌책방'

안으로 들어서자 주인이 앉아있는 책상 위 선반과 벽의 좌측, 우측에 세워져 있는 책장이 보였다. 한눈에 봐도 오래전에 출간된 책들이 다수를 이루고 있었다. 80년대 출간된 세계문학 전집도 꽂혀있었다. 또한 이런 헌책 이외에 중고 시계, 선글라스, 카

레트로의 간판은 수시로 바뀐다. 일종의 수제간판. 그 아래는 주인의 애마가 보인다.

세트플레이어, 기타 등등 유행이 한참 지난 물건들이 마성의 빈티지를 뽐내며 상점 안을 채우고 있었다.

책방 주인은 손님과는 무관한 존재인 듯 인사만 하고 자신의 일에 집중했다. 대체로 책을 팔고 있지만 간단하게 시계와 선글라스를 수리하기도 하는 것 같았다. 이 가게는 '혼자서 구경하기 좋은 가게, 나만 알고 싶은 가게, 주인이 아무런 강요도 하지 않는 그런 가게'라는 독특한 모토를 내세우고 있었다.

무심해 보이는 주인이지만 진열되어있는 사물에 대해서 물어보면 그의 존재가 확연히 드러났다. 매너 있는 전문가로 변신하여 책은 물론 시계, 선글라스에 대해 역사와 문화, 전통에 남다른 식견을 발휘했다. 이곳을 알게 된 건 우연이었지만 나에게는 행운이었다.

책방에는 약 1천5백 권 내외의 헌책들이 있었고 간혹 신간들도 눈에 띄지만 많지는 않았다. 주인이 직접 발품을 팔아 헌책들을 수집하는데 황학동이나 청계천을 주로 이용한다고 했다. 대부분의 책들은 '예술가들을 위한 헌책'이란 문구가 어색하지 않게 인문, 사회, 역사, 문학, 철학, 예술에 관한 이론서는 물론 국내에서 구하기 힘든 사진첩까지 두루 갖추고 있었다. 그 중 유독 외국 소설류가 많은데 그건 주인의 개인적인 취향이었다. 90년대 후반 대학을 다닌 세대로서 자신에게 큰 울림을 주었던 책들이라고 했다.

그가 헌책만 취급하게 된 배경에는 수급이 용이하다는 점과 저렴한 가격에 좋은 책을 독자들에게 판매할 수 있다는 가격 경쟁력도 한몫했고, 오래된 사물이 주는 감수성도 이 같은 가게를 여는 계기가 되었다.

레트로에선 권당 평균 3천 원에서 5천 원 정도에 책을 판매한다. 특히 책을 좋아하는 덕후들에겐 진귀한 책을 저렴한 가격에 구입할 수 있는 절호의 장소다. 나 또한 그런 쪽에 조금 관심이 있어 황지우 시인의 산문집 《사람과 사람 사이의 신호》, 자끄 프레베르의 시집을 구입했다. 그 후로도 몇 번 찾아가서 읽고 싶었지만 구할 수 없었던 여러 권의 책을 샀다.

그의 이런 판매방식은 이윤을 추구하기보다는 오래된 책에 대한 대중들의 접근성을 높이기 위한 일환이라고 한다. 가끔 온라인으로 판매되는 절판본이나 희귀본의 경우 가치에 비해 터무니없는 가격이 책정되어있는 것을 보면 독자로서 안타까운 마음이 든다고 했다.

2015년 5월 개점했을 당시만 해도 책은 300권 남짓 밖에 되지 않았는데 그것도 자신이 소장한 책과 사진첩이 전부였다고 한다. 하지만 지금은 책의 수량이 그때보다 5배나 늘었으니 상전벽해와 같은 일이다. 처음에는 책이 중심이 되는 가게는 아니었다. 그렇다고 현재 책에 대한 판매비중이 높아진 것은 아니다. 동네 책방들이 그러하듯 책을 통해 많은 이윤을 추구하긴 힘들

주인은 이곳에 앉아 음악을 듣거나 책을 읽으며 시간을 보낸다.

다. 근래에 생긴 몇몇 책방은 세미나와 강좌도 열고 음료와 맥주도 판매한다. 다양한 콘텐츠를 통해 지역의 문화공간으로 극대화를 꾀한다. 레트로 또한 비슷하다. 형식은 다르지만 과거 시계도매상을 했던 경험을 바탕으로 시계와 선글라스를 판매하고 그 이익으로 자신이 좋아하는 책을 구매하여 책장을 채운다.

레트로를 처음 찾아간 날도 몇몇 손님들이 들어와 시계와 선글라스를 골랐다. 그중 파키스탄이 고향이라는 남자는 20년째 한국에 살고 있다고 말했다. 외국인들의 경우 고향 친지들에게 보낼 선물로 가격이 저렴한 시계를 다량으로 구매하기도 한다.

그를 보니 과거 중동에 갔던 삼촌이 사다줬다며 카시오 손목시계를 자랑하던 어릴 적 친구 모습이 생각났다. 그러고 보면 시간은 돌고 도는 무한한 능력을 가지고 있는 것이 틀림없다.

레트로를 찾는 손님들은 이렇게 외국인도 있지만 이삼십 대의 젊은 고객도 있다. 간혹 대학 때 읽었던 책을 구매하러 오는 중년의 남자들도 있고 근처에 퀴어 서점인 '햇빛서점'이 있어 헤겔의 《정신현상학》을 사가는 트랜스젠더도 있다. 무엇보다 이 책방의 특별한 점은 작가들에 대한 큐레이션이 가능하다는 것이다.

책을 찾는 손님의 얘기를 들어보고 독자의 수준에 맞게 책을 골라준다. 예를 들어 문학을 하는 학생에게는 작법에 필요한 이론서와 참고도서를 추천해주는 식이다. 하지만 그의 설명은 매우 겸손해서 그가 책에 대하여 얼마만큼의 내공을 소유하고 있는지 짐작하긴 어렵다. 나 또한 그랬다. 그의 글이 문학잡지인 《악스트》에 실리기 전까지.

겨울이 시작되는 12월에 찾아갔을 때 그는 대뜸 악스트에 글을 기고하게 됐다고 말했다. 악스트에서 서평을 모집한다는 얘기를 듣고 토마스 핀천의 《느리게 배우는 사람》에 대한 글을 썼는데 채택이 된 것 같다며 기뻐했다. 그의 서평은 형식에 자유롭고 날카로우며 위트가 있었다. 그는 강호에 숨어사는 무사였던 것이다. 다음에도 핀천에 대해 쓴다고 하니 어쩌면 서평가로 이름을 날릴 날이 올지 모른다.

나는 그가 핀천 소설의 열렬한 애독자인 줄 알았다. 하지만 반은 맞고 반은 틀렸다. 좋아하지만 읽을수록 어렵다고 했다. 그가 아끼는 책은 따로 있었는데 고바야시 히데오의《문학이란 무엇인가》와 발터 벤야민의《베를린의 유년시절》이었다. 고바야시 히데오의 책을 구입하려 했지만 애독서라며 팔지 않았다. 대신 다른 책을 추천해주겠다며 키가 닿지 않는 선반 위에 일렬로 꽂혀 있는 하일지의《경마장 가는 길》과 카렐 차페크의 철학 3부작을 바라봤다.

그는 경마장을 괴물 같은 글쓰기라고 표현하며 자살 충동이 일어날 때 읽으면 도움이 된다는 조금은 이해하기 어려운 설명을 덧붙였고, 아고타 크리스토프의 소설《존재의 세 가지 거짓말》은 문학에 뜻이 있는 학생들에게 추천해주고 싶다고 말했다.

레트로에는 간판이 없다. 대신 주인이 백묵으로 직접 그려넣고 써놓은 그만의 유일한 간판이 있다. 가게의 간판이라는 것이 한 번 붙이고 나면 바꾸기가 쉽지 않다. 비용이 많이 들기 때문이다. 하지만 그가 만든 간판은 수시로 서체도 바뀌고 그림도 바뀌는데 가끔씩 가서 볼 때마다 새롭다.

그렇다고 우사단에 있는 여느 가게들처럼 아기자기하고 예쁜 소품들로 꾸며져 있는 모습을 상상하면 큰 오산이다. 밖에서 보

Used Books for
Artist
My First Vintage
Wristwatch
Retro
Eyes
the morning
Other Old

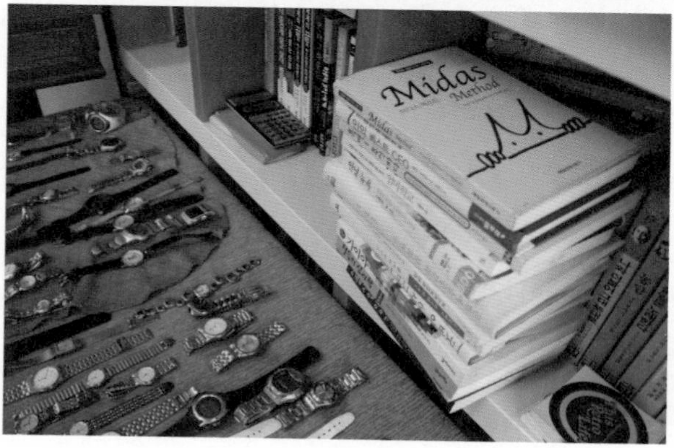
Midas
Method

면 얼핏 오래된 시계방처럼 보이기 때문이다. 그래서 선뜻 목적 없이 들어서기엔 좀 꺼려진다. 하지만 동네 책방이라고 생각하면 하나도 어렵지 않다. 그곳에 어떤 책이 있는지 궁금하다면 안으로 들어가야 한다.

레트로는 우유대리점과 공간을 함께 쓴다. 대리점 주인이 자리를 비우면 그가 대신해 동네사람들에게 우유를 판다. 그가 자랑하는 초대형 에어컨인 냉장고가 한 벽의 많은 부분을 차지하고 있다. 자주 찾아가 빙그레 웃으면 달달한 바나나 우유를 얻어 마실 수도 있다. 의자에 앉아 쪽쪽 우유를 빨며 추억이 깃든 일제 소니와 산요의 영문마크가 선명한 카세트라디오도 볼 수 있다. 데크에 테이프를 밀어넣고 레드 제플린이나 건즈 앤 로지스의 음악을 거친 음질로 감상할 수 있다.

음악에 맞춰 월남에서 돌아온 김 상사처럼 아버지가 쓰셨던 라이방을 쓰고 폼을 잡으면 시간은 과거로 가고 세월은 멈춘다. 그러니까 지나간 시간을 사고 싶다면 지금 당장 그곳으로 달려가도 좋다.

세운상가 좋아요

- 200/20 -

200/20

–

주소 서울시 중구 청계천로 160번지 가열 311호

이상고온현상으로 전국 각지의 온도가 앞다투어 기록을 갈아치우는 어느 여름날이었다. 인터넷으로 작은 책방들을 검색하다가 지금까지 보지 못했던 색다른 이름의 책방을 발견하게 되었다. 몇 번의 클릭을 통해 '서울시 중구 청계로 청계 상가 가열 311호'라는 주소를 알아냈다.

주소를 복사하여 인터넷 지도에 붙여 넣었더니 푸른 물방울 하나가 떨어지며 '세운청계상가'란 지명이 나타났다. 세운상가에 책방이 있다는 것은 상상 이상의 일이었다. 하지만 과거에 독특한 제품을 많이 팔았던 세운상가를 생각하면 상상 이상의 일도 아니었다. 우스갯소리로 핵폭탄도 제조가 가능하다는 소문이 청계천을 범람했으니까 그럴 만도 했다. 지도를 내려다보고 있으니 그 지명에 대한 추억이 라디오의 잡음처럼 들려왔다. 하지만 이내 추억의 전원을 끄고 다시 마우스의 버튼을 누르며 왔던 길을 되돌아가듯 책방에 대한 정보를 찾기 시작했다.

지금이야 '200/20'이 책방이라는 것을 알 수 있지만 숫자와 기호로 이루어진 상호만 보았을 때 그곳이 어떤 곳인지 가늠할 수 있는 사람은 별로 없을 것 같다. 책방 정보를 찾기 위해 200/20을 검색창에 입력하자 '계산기'와 글자 중간 중간 별모양이 박힌 '하단원룸동아대5분200/20풀옵션이쁜방' 등의 책방과는 거리가 먼 정보가 먼저 눈에 들어왔다.

예전 책방들은 무슨 서점 내지는 무슨 책방, 하고 친절하게 간판에 적혀있었다. 하지만 요즘은 이름 뒤에 책이란 구체적인 취급품목의 언급을 피하고 책방을 의미하는 중의적인 이름을 많이 쓰기도 한다. 하지만 200/20은 이런 유행의 범주에도 속하지 않고 이름만 듣고선 전혀 감이 안 잡히는 새로운 유형의 상호였다. 나는 이런 독창적인 상호를 지닌 책방과 불친절(?)한 주인을 찾아가볼 요량으로 인터넷의 창문은 닫고 열기 가득한 창문은 열어둔 채 집을 나섰다.

지하철을 타고 을지로 4가역에 내려 을지로 3가 쪽으로 걸어가다 보면 시대에 뒤떨어진 모습의 크고 높은 회색 건물이 보인다. 그리고 이 건물을 중심으로 퇴계로와 종로 방향으로 같은 모양의 건물이 이어져 있다. 이 건물들이 '세계의 기운이 이곳으로 모여라'라는 거창한 슬로건을 갖고 세워진 세운상가다. 건물

이 지어진 지 거의 50년 가까이 되어 지금은 도심의 흉물처럼 변해가고 있지만, 세운상가는 국내 1세대 건축가인 김수근이 설계한 초현대식 건물이었다. 세운상가 중 1967년도에 가장 먼저 완공된 현대상가만 해도 국내 최초의 주상복합건물이어서 사회 저명인사들에게 인기가 높았다고 한다.

세운상가는 70년대와 80년대 산업화를 거치며 전자제품시장의 메카로 우뚝 솟았지만, 국내 시장이 팽창하고 도심이 개발되면서 90년대부터 쇠락의 길을 걸었다. 2000년대에 들어선 종로 3가에 있던 현대상가를 철거하고 그 자리에 공원을 조성했다. 그 이후 나머지 건물들은 철거 계획이 무산되면서 세운전자상가와 세운청계상가는 과거 한 시절을 풍미했던 노인처럼 늙어가

내부는 책방 이름처럼 심플하다.

고 있는 중이다.

과거 층층이 각종 전자제품들의 소음으로 가득 채워졌던 상가는 이제 고장 난 앰프처럼 조용하다. 평일 한낮에도 손님들로 북적이던 상가는 여름인데도 한기가 느껴질 만큼 휑하다. 몇몇 조명가게들이 지난 영화를 되찾으려는 듯 형형색색의 조명을 켜 놓고 있지만 계단을 비추는 형광등은 음산하리만큼 조도가 낮다. 책방을 찾아 계단과 복도를 걸어갈 때는 마치 공포영화의 세트장에 들어와 있는 듯한 기분이어서 혼자 오기엔 조금은 용기가 필요할 것 같았다.

3층까지 계단으로 올라가 미로처럼 생긴 복도를 지나자 상가 외부와 연결된 보행자 통로가 보였다. 책방은 보행자 통로를 면하고 있는 곳에 위치해있었는데 그냥 지나가면 그곳이 책방인지 선뜻 알 수 없을 것 같았다.

200/20이라고 적힌 붉은 색 포인트 간판이 동그랗게 머리를 내밀고 있는게 보였다. 책방 앞에는 건축폐자재가 세워져 있었고 책방과 이웃한 상점인 '가발상담소'는 셔터가 내려져 있었다. 외부에서 바라본 책방은 여느 책방과는 사뭇 달랐다. 출입문과 전면 유리를 감싸고 있는 알루미늄 틀은 헐거워 보였고 전면 간판이 있어야 할 자리는 녹이 슬어 부식이 진행 중이었다. 그 위엔 철골들이 앙상한 몸으로 뒤엉켜 있었다.

인터넷을 통해서만 보았던 독특한 이름의 책방을 마주하자 책방을 감싸고 있는 외부 환경에 놀랐고 창문을 통해 보이는 내부 환경에 더 놀랐다. 책상 하나와 벽면에 보이는 서가, 그리고 화분 몇 개가 이 작은 공간의 전부였다. 하지만 이러한 배경에는 책방을 디자인할 때 이곳의 정취를 최대한 살리고 주변 환경과의 조화를 먼저 생각한 주인의 깊은 뜻이 있었다.

문을 열고 들어가자 시원한 에어컨 바람이 먼저 맞아주었다. 주인은 전면에 보이는 책상에 앉아있었는데 미동도 없이 노트북을 들여다보고 있었다. 나는 먼저 실내를 둘러본 후 서가 앞에 섰다. 출입구 오른쪽 벽면이 서가의 전부였는데 벽에 일렬 횡대로 층층이 달려있는 합판 위에는 다양한 인문학 서적들과 문학작품들이 정리되어있었다.

그리고 한정된 종류의 독립 출판물이 바닥에 가지런히 놓여있었다. 인문학 서적의 경우 약 천 권 내외, 독립 출판물의 경우 50여종 안쪽으로 보였다. 서가를 차분히 들여다보니 인문, 사회, 역사, 예술 등 주제별로 잘 정리되어있어 손님을 배려하는 주인의 마음을 읽을 수 있었다. 책의 수량은 많지 않았지만 가볍게 책장을 넘기기엔 많은 힘과 시간이 필요한 책들이었다. 나는 주인에게 말을 붙여볼 요량으로 책을 한 권 들고 책상 앞에 섰다.

TEXTS
MYSTERIES
THE BOOK
너 없 시

성
어
200/20의 책들은 운영자가 서점을 운영하기전
가지고 있던 책들과 서점을 운영하면서
구입하게 된 새 책들이 함께 구비되어 있습니다
판매되는 책들 중 읽었던 흔적이 있는 책의 경우
책의 뒤에 빨간 동그라미
가 붙어있고
정가의 20%가 할인되어 판매됩니다.

책방은 2015년 2월에 오픈했는데 책방을 열게 된 건 본격적으로 (미술)작가로 살아가겠다고 결심한 이후였다. 작가로 살며 실제적인 생계가 가능한 것이 무엇일까 고민하게 되었고, 그러다 자연스럽게 자신이 좋아하는 책으로 생활전선이 형성되었다고 한다. 우선 자신이 가지고 있는 책으로 서가를 채웠고 도매서적을 통해 책을 주문했다.

독립 출판물의 경우 저자에게 직접 주문을 해 책을 받았다. 새 책의 경우 정가에 판매하지만 자주 오는 손님들에 한해 10% 적립쿠폰을 발행하고, 주인이 읽고 손때가 묻은 헌책은 빨간 딱지를 붙여 20% 할인된 가격에 판매한다.

아직은 오픈한 지 몇 달 되지 않아 수익이라고 할 수 있는 것은 없지만, 책을 판매하는 일 또한 텍스트와 관련이 있으므로 자신이 하는 미술작업과 연계해서 생각하면 직업에 연속성이 있어 좋다고 주인은 말했다. 하지만 책방 주인은 책을 많이 읽을 수 없다는 새로운 사실을 발견하게 됐다며 웃었다.

대학에서 미술을 전공한 주인은 현재 미술작가로도 활동하고 있다. 주인은 세운상가 안에 '800/40'과 '300/20'이란 전시공간이 생기면서 세운상가와 처음 인연을 맺었다. 책방을 오픈하기 전에 그곳에서 자신의 전시회를 열었는데, 그 전에는 세운상가라는 오래된 이미지가 주는 편견 때문에 한 번도 와본적이 없었다고 한다.

하지만 책방을 열고 보니 주변에 장사하시는 분들도 친절하고, 상가 안을 자세히 들여다보면 지난 시대를 대변하는 곳이 많다고 주인은 말했다. 책방은 3월과 4월에 800/40, 300/20과 함께 '세운상가 좋아요, 대림상가 좋아요, 청계상가 좋아요'라는 페스티벌을 열었다. 주변 상인들에게 어울리는 책을 선물하고 책과 함께 사진도 찍는 행사인데 덕분에 상인들과 이웃처럼 가까워졌다.

책방을 찾기 전에 검색을 통해 200/20이란 이름이 보증금과 월세를 나타내는 숫자와 기호라는 것을 알고 있었지만, 왜 하필 상호를 그렇게 지었는지에 대해서는 알 수 없었다. 주인은 200/20(이백에이십)이란 숫자 그대로 보증금 200만 원에 월세 20만 원을 나타내는 것이고, 공간에 대한 특별한 수식어나 장식 없이 그대로 보여줄 수 있다는 생각에서 지인들의 추천을 받아 지은 이름이라고 말했다.

세운상가 안에는 이처럼 800/40, 300/20 등 작가들의 다양한 작업공간이 있는데 200/20이 제일 나중에 오픈했다. 책방은 이 비슷한 이름의 공간에서 작업하는 작가들과 협업을 통해 만들어진 텍스트를 판매하기도 한다. 일종의 200/20 책방만의 지향점인데 처음 책방을 구상했을 때부터 책이라는 이미지보다는 텍스트가 주가 되는 책방이 되는 것이 목표였다.

책방은 한 달에 한 번 '어초문답'이란 프로그램을 통해 서점을 알리고 작가와 독자가 만나는 시간을 갖는다. 어초문답은 조선시대 화가인 이명욱의 〈어초문답도〉에서 빌려온 말인데, 어부와 노인이 대화를 나누는 것처럼 작가와 독자가 이야기를 나누는 프로그램이다. 지난 4월에는 심보선 시인이 함께했고 철학자 이진경, 여성학자 정희진, 경제학자 홍기빈 등이 프로그램에 참가해 독자들과 뜻깊은 대화를 주고받았다. 처음 200/20이 목표로 했던 텍스트를 파는 것에 집중하는 것뿐만 아니라 새로운 이야기가 나올 수 있는 장을 만드는 것과 그것을 판매 가능하게 하는 지점을 고민하다 착안하게 된 행사인데 의외로 반응이 좋다고 한다. 행사 참여는 페이스북을 통해 할 수 있다.

세운상가에 책방을 개점하고 나서 신기했던 일은 구석진 이곳을 찾아오는 손님들과의 만남이었다고 주인은 말했다. 대부분 트위터나 페이스북을 보고 오는데 의외로 이삼십 대 여성들이 많다고 한다. 나는 그것이 책방이 가진 향기 때문이란 생각이 들었다. 책방이 내뿜는 숨결은 그윽하고 책들은 오븐 속 가득한 빵처럼 부풀어올라 어디에서건 의식을 살찌우게 하기 때문이다. 그날도 한 여자 손님이 한동안 책을 고르다 고양이처럼 조용히 밖으로 나갔다. 잠시 후 창밖을 보니 책방 주변을 배회하고 있는 모습이 보였다. 나는 인적이 드문 이곳을 찾아준 손님에게 빨리 자리를 양보해주어야겠다고 생각했다.

마지막으로 책방을 나서기 전 나는 책방을 운영하는 사람으로서 독서 인구가 감소하는 이유에 대해 물었다. 그러자 주인은 스스로 선택하지 않아도 이미 많은 정보를 받아들이고 있기 때문인 것 같다고 말했다. 그러면서 이런 시대일수록 책은 직관적 정보가 아닌 상상의 여지가 가능한 정보를 주는 생각의 도서관이어야 한다고 덧붙였다.

또한 아무리 많은 정보가 있을지라도 책으로만 선택 가능한 정보가 있는데, 그것이 책과 서점이 존재하는 이유라고 말했다. 그러고는 내게 한 권의 책을 추천해주었다. 통영에 있는 작은 출판사 '남해의봄날'에서 출간된 《우리는 섬에서 미래를 보았다》란 조금은 긴 제목의 책이었다. 도쿄를 벗어난 두 청년이 새로운 섬에서 공동체를 통해 변화된 삶의 가능성을 말하고 있다며 친절하게 그 내용을 설명해주었다.

애기를 듣다보니 세운상가가 도심에 떠있는 거대한 섬처럼 보였다. 책방 200/20은 그 섬에 정박한 작은 배의 번호 내지는 이름처럼 느껴졌다. 이젠 사람들의 기억 속에서 잊혀가는 섬에 남아 예술을 통해 공동체적 삶을 살아가는 모습이 낭만적으로 느껴졌다. 그러다 세운상가와 함께 지난 세월을 견뎠을 에어컨을 신기하게 바라보게 되었는데, 온힘을 다해 바람을 불어대고 있는 에어컨 밑 유리창에는 전시회를 알리는 홍보 포스터가 붙어 있었다.

행사 주최는 800/40, 300/20, 200/20 비슷한 이름의 이웃들이었다. 제목은 '후우후우 나이스' 전시회 제목을 작은 소리로 따라 읽어보니 상가에서 일하는 사람들이 뜨거운 여름을 견디는 숨소리처럼 들려왔다.

언젠가 그날은 꼭 오리니

- 그날이 오면 -

그날이 오면
-
주소 서울 관악구 신림로 89번지
전화 02-885-8290
홈페이지 http://www.gnal.co.kr

80년대 대학가를 중심으로 불리던 민중가요 중 대중적으로 가장 많은 사랑을 받은 것은 1989년에 발매된 《노래를 찾는 사람들》 2집에 수록된 곡일 것이다. 대중음악 100대 앨범에도 속하는 이 명반에는 〈솔아 솔아 푸르른 솔아〉를 비롯해 〈광야에서〉 그리고 한 댄스그룹이 2000년대 이후 리메이크해서 부른 〈사계〉라는 노래도 수록되어있다.

출처는 알 수 없지만 이 앨범은 '87년 민주화 이후 진보적 노래운동의 성과가 상업적 대중가요 음반 시장 안에 의도적으로 진입해 성공한, 우리나라 대중가요 사상 최초의 기념비적 음반이다'라는 평가를 받았다. 그 당시를 경험해보지 못한 세대라 하더라도 부클릿에 수록된 가사를 음미하며 들어보면 그 시대적 울림을 노래로 감지할 수 있다.

초등학교의 흑백 졸업사진을 담고 있는 앨범 재킷을 바라보고 있으면, 90년대 초 한 대학가 주점에서 친구가 놓고 간 앨범을 온종일 들었던 기억이 난다. 그 앨범에 수록된 곡 중 좋아하는 노래는 〈그날이 오면〉이었다. "한밤의 꿈은 아니리"로 시작해 "그 아픈 추억도 아 짧았던 내 젊음도 헛된 꿈이 아니었느니"로 끝을 맺는 이 노래는 당시 스무 살 청년에게 '그날'이라는 것이 희망찬 어떤 미래의 날로 비치곤 했다. 그리고 그날은 오늘을 잘 견뎌내야 맞을 수 있는 내일처럼 다가오기도 했다.

신림동 녹두거리에 있는 인문사회과학 서점 '그날이 오면'에 다녀온 후 책방 또한 노래 가사처럼 오랜 세월 아픔과 상처들을 안고서 묵묵히 그날을 기다리며 문을 열고 서있다는 느낌을 지울 수 없었다.

국내에서 인문사회과학 서적을 취급하는 책방은 80년대의 민중가요처럼 이젠 불리지 않는 노래가 되었다. 80년대와 90년대 중반까지만 하더라도 사회과학 서점들은 서울은 물론 지방의 대학가마다 존재했다. 서울대만 하더라도 '그날이 오면'을 비롯해 '광장' '전야' '열린 글방' 등이 있었지만 지금은 유일하게 '그날이 오면'만이 그 명맥을 이어가고 있다.

신촌 연세대 앞에 있던 '오늘의 책'을 비롯해 고려대의 '장백서원'과 '황토', 성균관대의 '논장', 전주의 '새날서점', 충남의 '창의

30년 가까운 세월, 한자리에서 그날을 기다리는 책터.

서점', 김남주 시인이 운영했던 광주의 '카프카'와 전남대의 '청년글방' 등 약 140여 개 책방은 이제 모두 역사 속으로 사라졌다.

이런 배경에는 온라인 서점의 출현과 대형 서점의 위세도 한몫했지만 학생운동이 점차 퇴조하면서 그 이론의 중심이 되었던 인문사회과학 서적이 자연스럽게 설 자리를 잃게 된 측면도 있다. 또한 인문학적 소양을 갖춘 인재를 발굴하려는 세계적 추세에도 불구하고, 요즘 학생들은 스펙에 필요한 수험서나 자기계발서, 영어 실용서 등을 더 많이 찾게 되었는데 경쟁에 치우친 사회 분위기 역시 무시할 수 없다.

한때 서울대와 가까운 난곡에 살았기에 책방 '그날이 오면'(이하 그날)이 어디에 있는지 익히 잘 알고 있었다. 시내에 나갔다가 버스를 타고 집에 가다 보면 환하게 불이 켜진 주홍색 간판을 볼 수 있었다. 대부분의 동네 책방은 대체로 여덟아홉 시경이면 문을 닫지만 그날만은 아직 오지 않은 그날을 기다리는 것처럼 밤늦은 시간까지 문이 열려있었다.

난곡에 살았던 날들 중 몇몇 날은 그곳에 들러 책을 읽거나 사가기도 했고, 근처에 있는 헌책방에서 김수영 시인의 시집인 《거대한 뿌리》의 초판본을 발견하기도 했는데 헌책방은 사라졌고 그날만이 유일하게 그 도로 위에 지금도 서있다.

책방에 간다는 것은 꼭 책을 사려는 목적만 있는 것이 아니다. 거기에는 시간적 여유가 주는 색다른 유희가 있다. 책을 사지 않고 들춰만 보는 것으로도 다양한 세계를 접할 수 있다. 몇 시간을 둘러보고 책을 읽어도 눈치를 받을 필요 없다. 특히 세월이 오래된 책방일수록 과거부터 현재까지 쌓여있는 책들이 많아 시간의 진공은 더 커진다. 그래서 오래 머무르다 나와도 전혀 지루함을 느낄 수 없는 4차원적 공간처럼 느껴지는데 인문사회과학 서적으로 흘러넘치는 그날 또한 그랬다.

30년이란 세월을 한 자리에서 지켜온 책방답게 지금은 출간되지 않는 절판된 사회과학 서적들도 있었다. 책방을 운영하는 김동운 대표에 따르면 간혹 이런 책들을 찾아 일부러 찾아오는 손님들도 더러 있다고 했다.

책방 그날은 서울대 녹두거리에 있다. 책방에 가려면 신림역 3번 출구로 나와 버스를 타야 한다. 서울대입구역을 경유하는 버스를 타고 갈수도 있지만, 이곳이 노선도 많고 책방 근처에 내렸을 때 길을 건너지 않아도 되는 수월함이 있다.

버스를 타고 5분 정도 가면 녹두거리가 나오는데 책방은 이 거리 안에 있다. 녹두거리는 80년대 대학생들에게 저렴한 가격으로 동동주와 빈대떡을 팔았던 '녹두집'에서 유래했다는 말도 있고, 구한말 새로운 세상의 변화를 갈구하던 혁명가 녹두장군 전봉준의 그 녹두에서 따왔다는 말도 있다. 80년대 새로운 세상을 꿈꾸며 민주화를 갈망하던 학생들이 막걸리 한 사발로 울

분을 쏟아냈던 그 거리를 빈대떡보다는 녹두장군 전봉준이 걸었던 길로 보는 것이 더 용감하고 멋스러워 보인다.

책방 그날은 책이라는 하나의 콘텐츠에만 모든 역량을 집중하고 있는 듯 요즘 문을 여는 책방들처럼 모던함이나 세련됨은 없다. 책방에 들어서면 크지 않은 공간에 사방으로 둘러싸인 서가와 판매대를 볼 수 있다. 그리고 책들은 빈틈이 없을 정도로 서로 몸을 밀착시키고 빽빽하게 꽂혀있거나 쌓여있다. 책방의 특성상 판매가 저조한 책들은 출판사에 반품하는데 그날 책방 대표는 팔리지 않는 책이라도 의미 있고 좋은 책이라 생각해 쉽게 반품하지 않는다고 한다.

책에 대한 개인적인 욕심보다는 후대에 역사로 기록될 저작들이 쉽게 잊히거나 묻히는 것에 대한 일종의 안타까움이 발현되기 때문이다. 5만 권이나 되는 많은 양의 책들은 출판사별로 또는 사회과학의 큰 주제별로 찾기 쉽게 구분되어있지만 주인이 아니면 원하는 책을 찾기란 쉬워 보이지는 않는다.

책방 그날은 오프라인 서점이지만 자체적으로 운영하고 있는 홈페이지를 통해 책방에 없는 책을 독자들로부터 주문받기도 한다. 그 외에 신간과 추천도서, 그날에서 가장 많이 팔린 책들을 카테고리로 만들어 독자가 쉽게 찾아 볼 수 있도록 만들었다.

인터넷 그날을 통해 책을 구입할 경우 독자에겐 마일리지 7%를 적립해주고, 이렇게 판매된 책의 이윤 중 3%는 양심수들을 위해 쓰인다. 시대의 고난을 상징하는 양심수에게 마음의 양식이 될 수 있는 책을 보내준다. 그날의 정체성에 들어맞는 일이라고 판단하여 2007년부터 해오고 있는 일이다. 이외에 그날에서는 책을 구매하는 독자가 원할 경우 책마다 투명한 비닐을 표지에 씌워주는데 이 고전적인 서비스는 손님들에게 반응이 좋다.

1988년 처음 문을 열었을 때 책방 '그날이 오면'은 학생과 노동운동을 하는 사람들이 자주 찾는 지식의 요람이자 사유의 놀이터였다. 하지만 책방을 처음 운영했던 분이 불의의 사고로 그

만두게 되었고, 1993년부터 지금까지 김동운 대표가 맡아 운영해오고 있다. 서점을 맡을 당시 인천에서 노동운동을 하다 해고자 신분인 된 김 대표는 진보적 사회운동의 목적으로 책방을 인수하여 시작하게 되었다.

90년대까지만 해도 그날을 찾아오는 손님들이 하루에 수백 명이나 되었다. 그래서 한때는 《그날에서 책 읽기》란 서평지를 자체적으로 2천 부씩 발행하여 무료배포도 했었고, 책방 건물 2층에 '미네르바의 부엉이'란 '이야기 카페'를 열어 학생들과 저자, 학자, 강연자들이 함께 하는 세미나도 꾸준히 개최했다. 당시 서울대 학생이었던 《십자군 이야기》를 쓴 김태권 작가는 '그날에서 책읽기'에 만화를 연재했고, 신형철 문학평론가도 미네르바 부엉이에 종종 참여했다.

하지만 1987년 민주화를 거치고 10년 후에 불어닥친 97년 경제위기와 그 이후 급속도로 진행된 자본주의의 팽배로 대학의 역할은 축소되고 실용적인 직업인들을 양산해내는 산업기지로 변질되었다. 그로 인해 대학은 물론 사회 전체가 인문학의 위기에 처했고, 그 현상의 일환으로 인문사회과학 서점들이 문을 닫게 되었다. 김동운 대표는 그날 또한 이러한 변화를 뼈저리게 경험하게 됐다고 말했다.

지난 2006년 그간 누적된 적자로 폐업 위기에 내몰렸을 때 외부의 도움을 받지 않고 끝까지 버티려 했지만 쉽지 않았다. 결국

<보관용> 1998. 6.
제 3 호
98. 9

그날이 오면

당시 후원회장을 맡았던 장경욱 변호사의 도움으로 '그날이 오면 후원회'를 발족하게 되었다. 80~90년대 당시 이곳을 드나들던 40여 명의 학생들이 주축이 되어 만들어진 후원회는 그 후 200여 명으로 늘었고 책방을 운영하는 버팀목이 되어주었다.

책방은 이를 계기로 신영복 선생의 강연은 물론 김진숙 선생, 박노자 선생의 강연 등을 주최하였다. 또한 서울대학교 총학생회와 함께 인문사회과학 서적에 대한 안내서를 발간하여 학부생들의 인문사회과학 책읽기 운동을 적극적으로 활성화하는 등 그날의 부활을 모색했고 책방은 여전히 후원회와 함께하고 있다.

인문사회과학 서점을 30년 가까이 운영하고 있는 김 대표가 책방을 찾는 학생들에게 권해주는 책이 두 권 있다. 특히 대학 신입생들에게는 전태일 평전을 꼭 추천해준다고 한다. 우리 사회의 최하층 노동자 신분으로 불의에 온몸으로 맞선 전태일 열사를 통해 자신이 살아가는 시대에 대한 본질적 고민과 근본적 문제의식을 느꼈으면 하는 바람에서다.

다른 한 권은 시대의 어른이신 신영복 선생의 《담론》인데 그날에서 판매되는 스테디셀러임에는 물론 선생이 살아오신 삶과 글을 통해 부단히 이 사회에 화두를 던지는 사람이 되었으면 하는 마음 때문이다. 그래서인지 서점 안에는 신영복 선생이 직접 써서 선물한 두 개의 액자가 걸려있다. 하나는 서점의 제호인

'그날이 오면'이고 다른 하나는 '처음처럼'인데 휘호 밑에는 이런 글귀가 적혀 있다.

처음으로 하늘을 만나는 어린 새처럼 처음으로 땅을 밟고 일어서는 새싹처럼 우리는 하루가 저무는 저녁 무렵에도 아침처럼 새봄처럼 처음처럼 항상 새로이 시작하고 있다.

그날은 1년 365일 중 단 이틀만 쉬고 매일 아침 9시면 문을 열어 자정에 문을 닫는다. 하지만 그동안 그 이틀마저 문을 닫지 않고 열려있던 적이 많다. 그 이유는 김동운 대표가 바라는 '사회의 모순을 해결하고 올바른 민주주의와 경제와 인권이 평등한 새날'이 아직 오지 않았기 때문이다. 그래서 서점은 오늘도 여전히 불을 밝히고 그날을 기다리고 있다.

천천히 그러나 멀리 책방

- 달팽이 Books & Tea -

달팽이
-
주소 경북 포항시 남구 효자동길10번길 32번지
전화 070-7532-3316
홈페이지 blog.naver.com/snailbooks

여름휴가를 시원하게 보낼 수 있는 방법 중 하나는 책방에 가는 것이다. 도서관이 좋다고 하는 사람도 있지만 왜인지 나는 딱딱한 책상이 연상되기도 하고 가더라도 오래 앉아있기가 힘들다. 그리고 출입구에 쓰여 있는 '개인소지품 도난주의'란 문구 때문에 잠시 자리를 비울 때마다 불안감이 뒤를 졸졸 따라 다닌다. 또한 요즘은 생각보다 실내온도도 높아 집에서 창문을 열어놓고 앉아있는 것과 별반 차이가 없다. 대부분의 관공서들이 에너지절약운동에 동참하고 있기 때문이다.

나는 이런 이유로 도서관보다는 책방에 간다. 도심에 있는 대형 서점보다는 동네에 있는 작은 책방을 선호하는 편이다. 이젠 동네 책방도 진화하여 책만 판매하는 것이 아니라 저렴하게 음료도 함께 판매하는 곳이 많아졌다. 오후의 뜨거운 햇빛을 피할 시간만큼의 두툼한 책을 한 권 구입한 후 에어컨 바람 아래 앉아서 책을 읽고 있으면 그 어떤 휴가지보다 피서를 즐기기엔 안성맞춤이다. 나는 이런 이유로 이번 여름휴가도 책방에서 보내기로 했는데 내가 사는 동네 가까이에 있는 책방 대신 좀 멀리 바닷가 가까이에 있는 책방으로 떠나보기로 했다.

'동해남부선'이라는 철로는 언제 들어도 낭만적이다. 사람들의 추억 한두 개쯤 간직하고 있을 간이역이 있고, 바다의 풍경을 간직한 7번 국도가 있다. 철강회사와 항구에서 일하는 사나이들의 구릿빛 팔뚝과 억센 경상도 사투리가 생각나는 포항이란 도시의 이미지와는 거리가 좀 멀게 느껴지기도 하지만, 그곳에 작고 예쁜 책방이 있다면 가보지 않을 수 없을 것이다.

책방은 주택가 사이에 위치하고 있어 찾기가 수월하지는 않다. 나는 자동차를 타고 가 내비게이션의 혜택을 톡톡히 봤지만 대중교통으로 올 경우 헤맬 가능성이 크다. 효자역 근처 버스정류장에 내려 기차 건널목을 건너 완만한 경사로가 있는 골목길을 올라와야 한다. 걷기에 좀 멀다고 느낄 수 있겠지만 어릴 적 골목의 추억을 떠올리고 싶다면 걸어와도 좋다. 길이 여러 갈래 나눠져 있어 필히 지도를 확인한 후 찾아오는 것이 헤매지 않는 지름길이다.

내가 책방을 찾은 날은 기온이 섭씨 39도였는데 제철공장의

주인이 직접 디자인한 책방의 달팽이 로고.

뜨거운 용광로가 생각나서 그런지 체감온도는 그보다 훨씬 높게 느껴졌다. 골목에 차를 주차하고 짧은 시간을 움직였는데도 온몸이 땀에 젖을 정도였다.

동네 책방은 으레 작을 것이라는 편견과는 다르게 두 개의 커다란 유리창이 건물 내부와 외부의 경계를 이루는 기둥과 나눠져 더 크고 넓게 느껴졌다. 출입구가 있는 정문 외벽에는 주인이 직접 도안한 달팽이가 그려진 작은 간판이 달려있다. 언뜻 보면 달팽이 한 마리만 그려져 있는 것 같지만 자세히 보면 그림 밑에 'Books & Tea'라고 흐릿하게 적혀있는 것을 볼 수 있다.

책방 주인은 책방을 열기 전 영일대 바닷가에서 열린 플리마켓에서 '달팽이마켓'이란 이름으로 독립 출판물을 판매했었다고 한다. 별 의도 없이 지은 이름이었지만 어감도 좋고, 느리지만 멀리 갈 수 있는 달팽이의 이미지가 종이책이라는 아날로그적 감성과 어울리는 것 같아 그대로 쓰게 되었다고 한다.

길가에 세워놓은 흑판 겸용의 접이식 입간판과 주인의 교통수단인 빨간 자전거는 가게 앞 주차금지 표지판 같은 역할을 한다. 입간판에는 책방의 여러 행사를 알리는 공지사항이 색색의 백묵으로 쓰여있고, 달팽이와 야자수와 파도 위를 나는 갈매기가 그려져 있어 잠시나마 여름 바닷가를 느낄 수 있다. 반면 책방과 정면으로 보이는 기와지붕의 단층 가옥은 철거가 진행 중인지 반쯤 부서져 있어 대조적인 감흥을 불러일으킨다.

책방은 2014년 12월에 문을 열었는데 주인이 운영하는 달팽이 책방 블로그에 들어가 그녀가 쓰는 '책방일지'를 읽어보면 책방을 열기까지 감내해야만 했던 '고난의 과정'이 상세히 기록되어있다. 철거부터 인테리어 공사, 책방과 어울리는 가구를 들여놓는 전 과정이 힘들어 보이지만 유쾌하게 담겨있다. 작은 책방을 연다는 것이 만만치 않은 일임을 간접적으로 체험할 수 있다. 특히 오픈하고 며칠 있다가 쓴 '눈물의 오픈 티파티'에는 페인트 냄새와 조용한 공간에 울려 퍼지는 냉난방기 소리마저 손님에게 폐가 될까 걱정하는 초보 자영업자의 소심한 속내와 희망이 진솔하게 담겨있다.

책방에 들어서면 좌측에는 홍차와 오디오, CD 등이 놓인 민트색 장식장과 흰색 잡지꽂이대가 보이고, 그 옆으로는 카운터 겸 책상과 책장이 보이는데 책장에는 도서출판 눈빛에서 출간된 《한국민중구술열전》과 《눈빛사진가전》이란 사진집이 꽂혀있다. 그중 《한국민중구술열전》은 한 시대를 풍미했던 위인이 아닌 보통 사람들의 생에 관한 기록들을 구술로 받아 정리한 책인데 이곳 주인이 즐겨 읽어 조금씩 손때가 묻어있다.

그리고 우측으로 돌면 책방의 얼굴이라고 할 수 있는 원목으로 만든 책장이 서있고 흰색의 벽과 조화를 이루며 편안하게 앉아 차를 음미할 수 있는 탁자와 소파가 그 앞에 배치되어있다. 이 같이 공간을 꾸민 이유는 거실이나 서재에서 책을 읽고 있는

듯한 아늑한 분위기를 손님들과 나누고 싶은 주인의 세심한 배려에서 나온 것이다.

책방의 메인이라고 할 수 있는 서가가 있는 이 공간은 인문서 위주의 단행본들이 전시되어있는데 대부분 정치, 경제, 사회, 문화, 역사, 문학 등 어렵지 않게 읽을 수 있는 교양서적들이다. 이처럼 책을 구성한 것은 작은 책방이 갖고 있는 공간의 한계도 있었지만 주인이 선호하는 주제와도 밀접했기 때문이다. 또한 이 공간 뒤쪽에 나있는 문으로 들어가면 독립 출판물이 테이블과 책장에 깔끔하게 정리되어있는 것을 볼 수 있다. 독립 출판물은 나름 마니아층이 형성되어 있어 꾸준히 찾는 경향이 있지만 아직까지 독자층이 넓지는 않다고 한다. 그리고 독립 출판물과 나란히 그림을 전시할 수 있는 작은 갤러리인 '전시가 있는 작은 방'도 있다. 전시회는 책방을 오픈한 뒤 벌써 여섯 번째 이루어지고 있었다. 여름이란 주제에 맞게 '6, 7, 8' 이란 제목으로 여름의 시원한 일상을 표현한 엽서만한 그림의 작품들이 벽에 빼곡히 붙어있었다.

대학에서 언론정보학을 전공한 주인은 다년간 책과 문화와 관련된 기획 일을 했다. 그러다 직장을 그만두고 오래전부터 '자신만의 공간을 운영하고 싶었던 꿈'을 실현하기 위해 고향으로 돌아와 책방을 열게 되었다. 그녀가 책방을 선택한 이유는 어릴 적부터 책이 익숙한 도구였고 다양한 세계를 바라볼 수 있는 채널인 것도 있었지만 지방소도시에서 쉽게 찾을 수 없는 문화공간의 필요성도 한몫했다.

처음에는 교통이 용이한 포항 시내나 젊은이들이 많이 찾는 바닷가를 생각했지만 높은 임대료 때문에 엄두가 나지 않았다. 그러다 동네 책방은 편안하고 일상적으로 만날 수 있는 공간이어야 한다는 것과 그 공간을 통해 책을 좋아하는 사람들과 소통할 수 있다면 그보다 좋은 것은 없을 거란 생각에 익숙했던 이곳에 자리를 마련하게 되었다. 책방은 이렇듯 책을 통한 커뮤니

티, 책을 통한 문화공간으로 느리지만 확실한 목표를 향해 천천히 가고 있는 듯하다.

책방에서 발행하는 《달팽이 트리뷴》이란 타블로이드판 신문은 이곳을 찾는 손님들과 함께 만든다. 재밌는 것은 신문의 발행 비용을 책방이 부담하는 것이 아니라 신문에 글을 싣는 독자들이 부담한다는 것이다. 매달 200부가 발행되는 이 신문은 책방을 알리는 홍보물이기도 하지만 손님들과 활발히 소통할 수 있는 오프라인 매체이도 하다.

처음 신문을 발행하기에 앞서 주인은 '삭막한 철강도시에서 서로 모르던 우리가 만나 책에 대한 다양한 끝과 끝을 이야기하는 또 하나의 무용한 일을 함께 만들고 펼쳐나갔으면 좋겠다'라고 썼는데 지금은 매우 유용한 일이 되었다. 달팽이 트리뷴은 포항공대를 비롯해 경주의 한 카페와 서울 동교동의 '헬로인디북스' '책방 만일'에서 만나 볼 수 있다.

포항에서는 유일무이하게 인문학적 공간의 역할을 충실히 하고 있는 책방에서는 강연과 독서모임, 공연도 함께 이루어진다. 주인의 표현대로라면 책방이란 '책 시장의 최전선이지만 책을 접할 수 있는 행사를 통해 책을 가까이서 만날 수 있는 곳'이며 그 취지 아래 다양한 프로그램들을 진행해야 하는 곳이다. 하지만 유명인을 섭외할 경우 지역적 거리의 한계와 비용이라는 두

서관 독립출판 열람실
00 AC 01
90 WS 04
Public Library
ndependent Publishing
Reading Room
2015 2 25
2015 3 31
ABOUT
BOOKS

책방 내부는 쾌적한 응접실을 연상시킨다. 깔끔하게 정리된 서가와 매대.

가지 난제가 있다. 그래서 최근에 와서야 지역서점지원금을 받아 싱어송라이터 가수이자 작가인 양양씨의 공연을 가졌다. 지역의 열정적인 아마추어 음악인들에게 출연료가 없는 대신 공연장소를 무료로 개방하고, '달팽이 콘서트'란 이름의 음악공연을 열기도 하는데 손님들에게 인기가 좋다.

책방의 여러 프로그램 중 책 본연의 임무에 충실한 독서모임인 '달팽이 책 읽기'는 포항에 산다면 꼭 참여해보고 싶은 모임이다. 책방 오픈 며칠 후 친구와 주인 단 둘이서 급 조직된 모임이라고 한다. 그 후 이곳을 찾는 단골손님들까지 합세해 급 결성되기도 하여 달팽이의 습성을 잠시 망각하기도 했다. 달팽이 책 읽기는 줄여서 '책달'이라고 부르는데 낭독모임이기도 하지만 공부 모임이기도 하다.

이외에도 시와 철학에 대해 이야기를 나누는 시 철학모임도 있고 성인들을 위한 그림책모임인 '달똥'도 있다. 책방을 다녀온 후로 소설쓰기 모임인 '일단 씁시다'도 생겼고 얼마 전에는 시인의 낭독회도 열었다. 또한 김경주 시인의 희곡을 읽어보는 '혼신의 희곡 읽기'도 새롭게 결성됐는데 모임의 이름만 들어도 위트와 센스가 넘쳐 블로그를 통해 보는 것만으로도 즐거울 지경이다.

나는 지난여름 휴가 때 지방 소도시에 있는 작은 책방에서 휴가를 보냈는데 간혹 라디오에서 흘러나오는 패닉이 부른 '달팽이’를 들을 때면 그곳에 갔던 기억이 떠오르곤 한다. 노래의 가사처럼 외진 골목에 서있던 책방이 ‘언젠가 먼 훗날에 저 넓고 거친 세상 끝 바다로 갈’ 것 같다. 달팽이라는 책방을 등에 지고 느리고 천천히 목표를 향해 걸어가는 모습이 멀리서도 보일 것 같다.

대한 독립 출판 만세!

- 더폴락The Pollack -

더폴락

-

주소 대구 중구 태평로 146-9번지

홈페이지 blog.naver.com/thepollack

포항에 있는 달팽이 책방에 들렀다가 영일대 바다를 둘러본 후 다음 여행지인 대구로 가는 길에 영천에서 하룻밤을 묵었다. 포항과 대구 사이에 위치하고 있는 영천은 여름의 고장다웠다. 오랫동안 여관방에 투숙객이 들지 않았는지 에어컨에 부착된 디지털 온도계는 저녁이 훨씬 지났는데도 섭씨 45도를 가리키고 있었다. 꼭 뜨거운 화덕 안에 들어와 있는 기분이라고 할까! 격자무늬의 창문을 활짝 열고 시원한 맥주를 마시며 내일 찾아갈 책방을 검색했다.

대구, 명태, 대명동, 북성로, 공구 골목, 독립 서점 등 관련 명사들이 책방의 성격을 규정하고 있는 것 같았다. 나는 그 낱말들 중 독립 서점이라는 것에 주목했다. 책방 '더폴락'은 독립 출판물을 전문으로 판매하는 책방으로 대구는 물론 지방에선 처음으로 문을 연 책방이었다.

독립 출판이라는 이름의 새로운 형식과 시스템에 의해 출간된 책들이 국내에 선보이기 시작한 것은 2000년대 중반부터다. 2009년 독립 출판물 페스티벌인 언리미티드 에디션이 처음 열렸고 독특한 감성과 디자인으로 일반 서점에서 볼 수 없는 책들이 점차 많아지기 시작하면서 독립 출판물을 판매하는 독립 서점들이 생겨났다. 기성 출판물에 익숙한 독자들에게는 독립 출판물이라는 것이 책다운 책으로 인식되지 않을 수 있다. 책의 구성부터 디자인, 인쇄, 심지어 종이의 질까지 모든 것이 낯설게 느껴질 수 있기 때문이다.

하지만 문화적 해방구와도 같은 홍대와 연남동을 중심으로 독립 서점들이 문을 열기 시작했고, 새로운 문화를 받아들이는 데 거부감이 덜한 이삼십 대들에게 주목을 받으며 조금씩 시장이 성장하기 시작했다.

2015년 2월, 국립중앙도서관에서 열렸던 독립 출판 전시회의 경우 예술, 문학, 사진, 뉴스 컬처 등 내용별로 특색에 따라 400여 종 600여 권의 독립출판물이 전시되어 우리나라 독립 출판의 현주소를 조망할 수 있는 좋은 기회가 되었다. 독립 출판물을 취급하는 책방 또한 서울을 비롯해 전국의 약 60여 곳에 문을 열고 있는데 대구에도 '더 폴락'을 비롯해 '슬기로운 낙타' 등이 독자를 맞이하고 있다.

공구 거리에선 보기 드문 비주얼을 자랑한다.

아침 일찍 문을 여는 책방도 있지만 동네에 있는 대부분의 책방들은 오픈 시간이 늦다. 폴락 또한 정오가 지나서야 문을 연다. 작은 책방의 경우 월요일이 휴일인 경우가 대부분이지만 폴락은 특이하게도 쉬는 날이 수요일이다.

폴락은 대구지하철 1호선이 다니는 대구역과 중앙역 사이에 있는 북성로에 위치하고 있어 대중교통으로 찾아가는데 수월하지만, 대로변이 아닌 골목 사이에 있어 가는 길을 꼼꼼히 확인하는 것이 좋다.

대구에는 북성로 외에도 동성로, 남성로, 서성로가 있는데 4개의 길이 생긴 역사적 배경이 있다. 1907년 일본의 사주를 받은 당시 관찰사 서리가 조정의 허락 없이 성곽을 허물어버렸고 그 후 성곽이 있던 자리에 길이 생기며 지금의 4성로가 형성 된 것이다. 그중 북성로는 일제강점기 때 가장 번화한 거리였다.

경부선 철도공사가 시작되며 교통이 편리한 대구역 근처에 일본인들이 모여 살기 시작했는데 조경회사였던 스기하라 제목점, 목욕탕이었던 조일탕, 지금의 백화점과 같은 미나카이 장신구점, 대구 곡물회사, 와카마츠 미곡부 등이 들어서며 상업의 중심지가 되었다. 당시에 북성로는 무라까미초村上町라 불리던 유흥가인 향촌동과 맞닿아있어 밤늦도록 거리의 불빛이 꺼지지 않았는데 북성로의 전성시대는 1960년대 이전까지 계속된다.

그래서인지 이 길의 골목들은 유흥가의 옛 풍경들이 지금도 남아있다. 해방 전에 축조되었던 근대 건축물은 물론 햇빛에 달궈진 양철지붕을 머리 위에 쓰고 있는 허름한 식당과 저녁이면 붉은 등이 켜지는 술집들이 지난밤 취기로 잠들어있고, 혼자 누워도 비좁을 것 같은 낡은 여인숙 간판도 볼 수 있다.

과거 지난했던 시절의 모습이 남아있는 거리를 둘러본 후 공구거리로 들어서면 복합문화공간 겸 자전거방인 '장거살롱'과 용지 식당이 보이는데 그 골목 안에 책방 '더 폴락'이 있다. 책방은 한 건물의 귀퉁이를 차지하고 있는데 공구거리에선 보기 드물게 세련되고 깔끔해 보인다.

'pollack'이라고 영문으로 쓴 짙은 파란색 바탕에 노란 글씨가 박힌 예쁜 간판을 바라보고 있으면 어감이 비슷한 이름을 가진 영화감독인 시드니 폴락과 추상표현주의 화가인 잭슨 폴록이 떠오르기도 한다. 책방 폴락 또한 책과 영화, 그림 등을 좋아하는 미디어 영상학부를 졸업한 학과 동기 다섯 명이 함께 꾸민 공간이라고 한다.

지금 이곳에 자리한 폴락을 얘기하려면 2012년으로 거슬러 올라가야 한다. 처음 책방이 오픈한 곳은 계명대 예술대학이 있는 대명동 예술의 거리였다. 여섯 평짜리 작은 공간을 월 20만원에 얻어 책방을 차렸다. 처음부터 책방을 열 계획은 없었다. 문화적 취향이 잘 맞는 친구들이 마음 놓고 웃고 떠들 수 있는

아기자기한 소품들로 채워진 매대와 벽면.

아지트가 필요했다.

그곳에서 대구라는 도시와 여름이라는 계절에 잘 어울리는 공포영화를 상영하면 좋겠다는 생각을 했다. 하지만 친구들만의 사적인 공간으로 쓰인다는 것이 뭔가 아쉬웠다. 이 공간을 타인들과 공유하고 소통하고 싶은 욕구가 발동했고, 친구들 중 책에 관심이 많았던 김인혜 씨의 제안으로 2012년 10월 대구에선 처음으로 독립 서점이 탄생하게 된다.

폴락이란 책방의 이름도 이때 만들어진다. 책방을 통해 각기 다른 개인의 꿈을 발현하고 싶었던 것이 지금의 이름을 가지게 했다. 현재 자신들이 생활을 영유하고 있는 대구라는 도시에 착안하여 동음어인 대구라는 물고기를 생각했고 대구라는 물고기가 '폴락'이라는 재미있는 어감의 영어 이름을 가지고 있다는 것을 알았다. 여기에 대구과에 속하는 명태를 접목시켜보니 건조방식에 따라 노가리, 생태, 동태, 코다리 등으로 다르게 불리는 게 각자 취향에 맞는 프로젝트를 진행하고자 했던 취지와도 들어맞았다. 이런 이유로 책방은 폴락으로도 명태로도 불리게 된다.

책방에 들어서면 정면 깊숙이 카운터 겸 작은 주방이 보이고 중앙에 놓인 테이블과 좌우로 둘러싸인 선반과 책장에는 독립 서점의 선두 주자답게 각종 500여 권의 독립 출판물들과 아기자기한 소품들이 빼곡히 진열되어있다. 그렇다고 실내가 답답하다거나 어수선한 감은 없다. 책방 초기만 해도 잡지 위주의 셀렉

이 많았지만 독립 출판시장이 활성화되면서 지금은 독립 출판물의 종합 서점다운 책방으로 변했다.

시집부터 소설, 만화, 그래픽 디자인 서적은 물론 독립 출판사인 프로파간다와 아티초크에서 출간되는 책들도 서가의 한 부분을 차지하고 있다. 독립 출판물의 경우 각각의 도서들이 예술 작품처럼 다가오기도 한다. 특히 아티초크 컬렉션은 같은 책이라도 각기 다른 여러 이미지들로 출간되어있어 골라 읽을 수 있는 재미가 있다.

폴락이 독립 서점을 지향하게 된 이유는 위트와 유머와 끼로 충만한 독립 출판물이 보수적인 이미지가 강한 대구라는 도시와 대조적으로 잘 어울린다는 거시적인 안목이 작용했다. 하지만 무엇보다 책방을 열기 전부터 이들은 독립 출판물의 열렬한 애독자이기도 했던 것이다. 독립 출판 초기에는 독립 서점이 홍대에만 있어 책을 구입하기 위해 먼 길도 마다지 않고 서울까지 올라가는 열정을 보이기도 했다.

이들이 이렇게 독립 출판물에 대해 애정을 갖게 된 것은 기성 출판물이 가지고 있지 않은 투박한 매력이 마음에 들어서였다. 대중성을 담보하지 않아도, 완성도가 떨어져도, 작가이자 편집자이며 발행인이기도 한 만든 이의 정성 어린 손때가 페이지마다 묻어있는 것 같아 독자로서 마음이 남달랐기 때문이다.

폴락이 대명동에서 북성로로 옮겨온 것은 2015년 6월이었다. 지금 있는 건물에 방천시장 '김광석 거리'의 예술감독을 맡았던 손영복 작가가 '북아트팩토리'를 열었는데 그중 비어있는 공간을 얻어 들어왔다. 이 건물에는 폴락 말고도 음악과 미술을 즐길 수 있는 펍(술집) '조스바'도 있어 이제는 복합문화공간으로 변모했다. 이곳 외에도 근대건축물을 재현한 카페인 '믹스 카페'와 '삼덕상회', 그 외 지역 예술가들이 곳곳에 차린 작업실 등과 함께 점차 문화 예술 골목으로 바뀌고 있다. 하지만 젠트리피케이션*을

* 구도심이 활성화되면서 임대료가 오르고 원주민이 내몰리는 현상.

우려하는 목소리도 만만치 않다. 폴락 역시 작은 책방이 가지고 있는 열악한 환경 탓에 혹시 앞으로 이런 현상의 영향을 받을지 모른다는 불안감이 없지는 않다.

대명동 시절부터 폴락은 독립 서점에 안주하지 않고 각자가 가지고 있는 끼와 재능을 발휘하여 흥이 넘치는 문화 아지트 역할을 톡톡히 해냈다. '폴락이다'라는 제목의 문화예술공연 프로젝트는 토크콘서트 방식의 공연으로 대구의 인디밴드, 숨어있는 예술가를 초대해 그들의 속사정을 가감 없이 들어보는 시간이다. 책방에서 주인과 손님으로 만났던 사람들이 이날만은 함께 관객으로 만나 새로운 소통의 장이 열리기도 한다.

'폴락이다'는 1년에 4회에서 5회 공연을 하는데, 그 전에 있었던 책방은 장소가 협소해 대구의 유휴공간을 활용했었다. 하지만 북성로로 이전한 후에는 책방 안에서 진행된다. 또한 대명동 시절 지역 잡지를 발행해 대명동을 알리는데 일조하기도 했다.

폴락은 현재 초기 멤버인 5명 중 출판 기획자였던 김인혜 씨와 박물관 큐레이터로 일했던 최성 씨가 꾸려가고 있다. 폴락이 처음 문을 열었을 때만 해도 이들은 각기 다른 직업을 가진 직장인이었다. 이들에게 책방은 수익에 연연하지 않는 취미의 공간이자 문화적 유희공간이었다. 하지만 나머지 세 친구들이 출산과 결혼으로 어쩔 수 없이 책방 일을 잠시 놓게 되고, 책방도 북성로로 옮겨 오면서 두 사람의 전업공간이 되었다.

기존에 다섯 명이 하루씩 돌아가며 지키던 책방을 이젠 각각 3일씩 나와 지킨다. 취미가 전업이 된 이후 폴락은 새로운 출발선에 선 것과 다름없다. 특히 소규모 자영업자가 겪는 경영의 한계상황을 매일 겪어야 하는 것은 고된 일이다. 또한 책방을 운영해 나가는데 필요한 소소한 일상은 물론 홍보와 마케팅, 새로운 프로젝트에 대한 고민 등 산적해 있는 일이 많다.

하지만 책방이 안고 있는 이런 현실 속에서도 문화적 욕구 내지는 자신들이 좋아하고 즐기고자 하는 내재적 희망이 이 같은 고민을 행복한 고뇌로 치환시킨다. 이들에게 있어 책방은 자신의 이야기와 타인의 이야기가 공존하는 공간이며 이를 통해 동시대를 살아가는 사람들의 소통의 공간이기도 하다.

폴락은 대명동 시절 이후 한 번도 진행하지 않았던 워크숍을 계획하고 있다. 평소에 좋아하고 직접 만들어 보고 싶었던 레터프레스가 손님들의 요청으로 이루어질 예정이다. 강좌를 위해 기기도 들여놓고 강사도 섭외해놓았다. 또한 대구 지역의 이야기를 담은 책도 만들 예정인데 그동안 알지 못했던 역사와 문화, 숨어있는 대구의 매력적인 예술가 등을 소개할 계획이다. 이외에도 독립 출판물을 분야별로 나눠 기획전을 여는 것도 책방의 목표다.

과거 해방 이후부터 한국전쟁을 겪으며 북성로는 대구의 문화적 유토피아를 주도했던 거리였다. 구상 시인의 시집 《초토의

시》 출판 기념회가 열렸던 꽃자리 다방도 있었고 은지화를 그렸던 화가 이중섭의 단골 백록 다방도 있었다. 또한 대구 최초로 그랜드 피아노를 선보였던 피아니스트 이공주의 부친 이상근 씨가 운영한 백조 다방도 있었다. 최근 책방 '더폴락'을 비롯해 많은 예술가들이 다시 이곳을 찾는 이유가 이런 역사적 배경과 무관해 보이지 않다는 생각을 하며 책방 문을 나섰다.

책이 보물이다

- 보물섬 -

보물섬
-
주소 경기 파주시 교하읍 문발리 524-3번지
전화 031-955-0077

'보물섬' 하면 영국의 소설가 로버트 루이스 스티븐슨이 1883년에 발표한 모험소설이 떠오른다. 소설은 우연히 보물섬의 존재를 알고 보물을 차지하려고 싸우는 주인공 짐과 실버의 대결을 그렸다. 각 등장인물의 캐릭터들이 살아있고 보물을 찾기까지의 과정이 흥미진진하고 박진감 있게 그려져 지금도 많이 읽히고 있다.

또한 동명의 소설은 만화로 만들어져 저녁이면 아이들을 텔레비전 앞에 꼼짝없이 앉아있게 하는 마력을 발휘했다. 1990년도에는 찰턴 헤스턴과 크리스천 베일이 주연한 영화로도 나와 어린이뿐 아니라 성인에게까지 많은 사랑을 받았다.

이렇게 여러 장르를 넘나들며 모험심을 자극했던 《보물섬》 때문에 누구나 한 번쯤은 보물섬이 실제 존재할지도 모른다는 허무맹랑한 생각을 하거나, 직접 찾아 나서는 무모한 모험을 감행

했을지도 모른다. 보물섬은 아니지만 그 비슷한 보물선이나 보물 열차를 찾는 탐험가들이 뉴스나 다큐멘터리를 통해 간간이 소개되는 것을 볼 때면 '이게 다 보물섬 때문이야!'라는 생각이 들기도 한다.

금은보화가 가득 숨어있는 보물섬이 존재하든 그렇지 않든 사람들은 그 익명의 섬을 탐험하고 싶어 한다. 그곳이 카페나 식당, 잡화점이나 숙박시설이라고 해도 보물섬이라는 이름을 들으면 보물처럼 빛나는 무언가가 그 안에 있을 것 같다는 생각에 가고 싶은 마음이 든다. 나 또한 보물섬이라는 이름의 헌책방이 있다는 얘기를 들었을 때 서가 깊숙한 곳이나 높이 쌓여있는 책더미 속에 묻혀있는 보물처럼 빛나는 진귀한 책들이 먼저 생각났다.

처음 보물섬을 알게 된 것은 2006년 무렵이었다. 고등학교 때부터 사 모은 책이 1만 권이 넘는 장서를 소유하고 있는 친구 때문이었다. 그 친구는 말 그대로 서옥에 갇혀 사는 셈인데 이젠 방에 책이 꽉 차서 마루에 나와 지낸다. 그리고 때로는 책 때문에 방바닥이 무너질까 걱정 아닌 걱정도 한다. 그래서 그 많은 책들을 보관할 곳을 찾고 있는데 아직도 마땅한 곳을 찾지 못했다. 하지만 그런 장소를 찾는다 해도 그 많은 책을 옮기기도 쉽지만은 않아 보인다.

천사 날개 아래에는 유아, 어린이 도서가 진열되어있다.

장서수집의 전문가 또는 탐서주의자라고 말할 수 있는 친구와 헌책방에 가면 그는 절판되었거나 초판본인 책을 잘도 찾아내는 묘한 능력을 가지고 있다. 어느 날 친구는 내게 보물섬을 아느냐고 물었다. 나는 농담 삼아 우리 동네에 가면 천원마트 보물섬이 있다고 말했다. 그러자 친구는 그 보물섬 말고 파주에 있는 헌책방 보물섬을 아느냐고 했다. 며칠 후 우리는 오래전에 생산이 중단된 97년형 프라이드를 타고 보물섬을 향해 떠났다.

책방 보물섬은 일산 신도시를 지나 도라산 전망대에 가기 전에 있는 파주출판문화단지 안에 있다. 이곳에 처음 와본 몇몇 지인들은 이국의 도시에 와있는 기분을 느낀다며 우리나라에 이런 곳이 있었냐고 놀라워했다. 철근구조물과 시멘트의 질감을 그대로 살린 건물과 그 건물 사이의 넓은 빈 공간이 주는 쾌적함이 새로웠다. 휘황찬란한 간판과 아파트가 없어서 그럴 것이란 생각도 들고 건물 하나하나가 어떤 형상을 상징하는 예술작품으로 보이기 때문일 거라고 미루어 짐작해 보는 것으로 그들의 기분에 동참하곤 했다.

파주출판도시에는 현대적인 건물 안에 약 250개의 출판기업과 1만 명이 넘는 사람들이 책과 함께 일을 한다. 도시의 상징이라고 말할 수 있는 '지혜의 숲' 옆에는 의연하게 서있는 고택도 있다. 고택의 이름은 '서호정사西湖精舍'인데 정읍에 있던 고택의 일부인 사랑채를 이곳으로 옮겨 온 것이다. 고택이 이곳에 다시 터를 잡게 된 것은 문화재로 인정을 받지 못해 보존이 어려워진 시기에 이를 알게 된 분들이 출판도시와 협의한 덕분이다. 그 이후 이곳으로 옮겨와 서호정사란 이름의 현판을 걸었다고 한다.

서호정사는 서쪽으로 흐르는 갈대 샛강을 보며 정신을 수양하는 곳이라는 뜻으로 모든 현대건축의 기본은 전통건축이어야 한다는 출판도시 내에 있는 건축물에 대한 철학적 의미도 담고 있다. 또한 도시는 임진강과 한강, 예성강이 합류하는 습지에 있어 책이라는 감성의 문화 위에 생태와 환경까지 어우러져 계절마다 아름다운 풍경을 보여준다.

책방 보물섬은 고전적인 기품이 우러나오는 고택을 지나 현대적인 아름다움과 웅장함이 돋보이는 건물인 지혜의 숲, 맨 위층에 자리하고 있다. 지혜의 숲은 아시아출판문화정보센터 공간을 재활용한 곳으로 원로 지식인 학자, 교수로부터 책을 기증 받아 공공의 서재로 활용하자는 취지로 만들어졌다. 매월 3만 명이 이용하는 거대한 지식의 도서관인 지혜의 숲은 개인, 단체, 출판사, 도서 유통사 등 다양한 곳에서 약 50만 권에 이르는 책을 기증했고, 그 가운데 약 20만여 권의 책이 높이 8m의 책장에 3km가 넘게 이어져 책의 숲이 되었다. 이곳은 365일 24시간 개방되어있어 밤에 책 읽기를 좋아하는 독자에게도 안성맞춤이며 홀로 사색을 즐기기에도 좋다.

보물섬에 가려면 지혜의 숲 옆으로 나있는 아주 폭이 넓은

계단을 밟고 올라가야 한다. 성인이 걸으면 두세 걸음은 걸어야 한 계단 정도 올라갈 수 있다. 그래서 계단을 올라간다기보다는 완만한 경사로를 걷는 것 같다. 건물을 다 올라와 밑을 내려다보면 지상에서 높이 올라왔다는 것을 알 수 있다. 하지만 숨이 차거나 다리가 아프지 않다. 마치 미지의 보물섬에 있을 법한 마법의 계단 같다.

계단을 밟고 올라 우측으로 돌면 녹이 슨 스틸외벽과 넓은 창이 보이는 광장이 나온다. 이곳을 광장이라고 불러야 할지 옥상이라고 불러야 할지 모르겠지만 건물 위에 있는 이 공간은 운동장처럼 아주 넓다. 그렇다고 이 위에서 공을 차거나 뛰어놀면 안 된다. 이 건물 안에는 많은 출판관계자가 일을 하고 있으므로 정숙한 걸음으로 걸어가야 한다. 이 공간을 가로질러 가면 황금빛 불을 밝히고 있는 보물섬을 발견할 수 있다. 보물섬 앞에는 녹슨 철제상자들이 횡대로 놓여있는데 그 안에 무엇이 들었는지 궁금하다면 가서 한번 들춰들 보시라. 황금보석과 진주 귀걸이가 들어있을지도 모를 일이니까!

보물섬은 비영리 공익재단인 아름다운 가게에서 운영하는 헌책방으로 2004년에 문을 열었다. 비영리공익재단이 운영하므로 이곳의 수익은 경비만 제외하고 모두 공익을 위해 사용된다. 보물섬에서 책을 사면 작게나마 사회에 보탬이 되는 일을 하는 것이다. 이곳에서 판매되는 책들은 모두에게 기증받을 수 있고 모두가 아름다운 가격에 구입할 수 있다. 보통 출간된 가격의 50% 이하로 판매한다. 오래전에 출간된 책들은 천 원에 판매되는 경우도 있다.

나는 예전에 이곳에서 문학과지성사에서 출간한 책들을 다량으로 구입한 적이 있다. 시집부터 소설, 문화예술 이론서까지 다양한 장르의 책들이 책장을 가득 메우고 있었다. 한 영화의 소품으로 사용했던 것인데 촬영이 끝나고 영화사 측에서 기증을 해주었다고 했다. 책의 상태를 보니 한 번도 들춰보지 않은 새 책들이었다. 초록색 앞치마를 두르고 책을 정리하고 있던 직원(점장을 빼고는 이곳은 모두 자원봉사자들이 일을 한다)은 흔한 일은 아니라고 했다. 이외에도 가끔은 출판사에게 기증을 받는다고 한다.

아름다운 가게는 서울을 비롯해 전국 각지에 있지만 이렇게 고전적인 이름을 내걸고 책이라는 단일 콘텐츠만 취급하는 매장은 없다. 보물섬에 들어서면 여러 곳에서 기증받은 책들이 정리를 기다리며 바닥에 질서있게 쌓여있는 것을 볼 수 있다. 헌책방이라는 생각이 들지 않을 정도로 실내는 쾌적하고 깔끔하다. 그리고 직원들이 분주히 책을 분류하는 카운터 앞에는 나무로 만든 책장들이 길게 늘어서 있다.

가장 눈에 들어오는 것은 책장 위에 사람들이 책을 기부하며 남긴 카드와 쪽지가 붙어있는 메모판이다. 초등학생부터 성인까지 기증한 책들의 이런저런 사연들이 적혀있는데 정성을 담아 쓴 글들이 인상적이다. 또한 이곳에서 책을 사 간 구매 천사들의 응원메시지도 붙어있다. 메모판 뒤로는 '오늘 신착한 도서'라고 해서 헌책방의 신간(?)들이 진열되어있는데 대체로 손님들은 이곳에서부터 보물섬의 탐험을 시작한다.

보물섬의 내부는 작은 도서관을 연상케 할 정도로 통로마다 책들이 테마별로 잘 정리가 되어있다. 거기에 '보물섬의 지도'가

기부천사님들의
이야기

구매천사님들의
응원메시지

서가마다 붙어있어 책방의 보물이라고 말할 수 있는 책들을 더 수월하게 찾을 수 있다. 이 지도를 따라 여행하다 보면 시집은 물론 장르별 소설부터 인문, 사회, 철학, 역사, 정치, 문화에 관련된 책들을 만날 수 있다. 또한 백과사전을 비롯한 다양한 사전류와 원서, 심지어 참고서와 문제집까지 있다. 특히 아동도서의 경우 책방 안에 별도의 서가가 마련되어있어 부모와 아이들에게 인기가 좋아 가족단위로 오는 손님들을 많이 볼 수 있다. 주말이면 보물섬은 손님들로 가득하다.

보물섬 안에는 책뿐 아니라 책들을 탐험하다가 잠시 쉴 수 있는 테이블과 의자가 마련되어있다. 또한 따뜻한 차와 맛난 과자도 구입해 맛볼 수 있는데 모두 공정무역선을 타고 보물섬에 상륙한 것들이다. 그 이외에 필기구와 노트, 가죽으로 만든 핸드메이드 지갑을 포함한 여러 소품도 판매한다. 특히 책을 읽는데 빠질 수 없는 음반도 있다. 무소로그스키의 전람회의 그림과 스트라빈스키, 레흐바니노프 등의 클래식을 재즈로 편곡한 '더 러시안 앨범'과 팻 매스니, 톰 조빔, 글렌 밀러 등 거장들의 명곡을 수록한 '이지코지 재즈 콜렉션'도 단돈 천 원이면 구매하여 감상할 수 있다.

지난여름에 갔을 때 책 몇 권과 음반을 사왔다. 그날따라 운이 좋았는지 마쓰모토 세이초의 장녀라 불리는 일본의 사회파 미스터리 작가인 미야베 미유키의 산문집과 팔레스타인의 저항

시인 무리드 바르구티의 고향에 관한 여행의 기록, 그리고 평생 알래스카의 살아있는 모습을 담으며 훗날 불곰의 습격으로 죽은 사진작가인 호시노 미치오의 산문집이 '오늘의 신착 도서'에 숨어있었다. 그중 '다리 위는 몹시 덥다'라는 문장으로 시작하는 무리드 바르구티의 책은 시인이 팔레스타인 난민으로 추방된 지 30년 만에 고향인 라말라로 돌아와 보고 느낀 생각들을 기록한 것이었다.

요르단 강이 흐르는 국경의 다리 위에 서서 고향 풍경을 바라보는 시인의 내면은 진실하면서도 감정을 억누르는 모습이 슬퍼 보였다. 하지만 정치적으로 억압받는 국가의 위대한 작가를 그날 처음 알게 되는 영광도 누렸다. 이렇듯 헌책방 보물섬은 때로는 돈으로 환산할 수 없는 책의 가치를 깨닫게 해주는 곳이기도 하다.

보물섬에 들어와 있으면 몇 시간 정도는 훌쩍 지나가 버린다. 하지만 보물섬은 다른 헌책방들과 달리 아쉽게도 저녁 6시면 문을 닫고 서서히 어둠 속으로 잠긴다. 그러므로 더 늦기 전에 금은보화보다 값진 지식의 보물을 발견하고 싶다면 지금 당장 보물섬을 향해 탐험을 떠나도 좋다.

잃어버린 시간을 찾아서

- 프루스트의 서재 -

프루스트의 서재
–
주소 서울 성동구 무수막길 56번지
홈페이지 proustbook.com

전주에 있는 인문학 전문 서점 '조지 오웰의 혜안'만큼이나 금호동에 있는 인문학 중고 책방 '프루스트의 서재'는 이름부터가 서정적이며 아름답다. 그곳에 가면 오래된 책과 함께 인생의 깊은 맛이 우러나오는 홍차와 삶의 달콤함을 넣고 구운 마들렌을 맛볼 수 있을 것 같다. 저녁 무렵 햇빛이 노랗게 물드는 서가에서 잃어버린 시간을 찾듯 우아하게 책을 한 권 꺼내 책장에 반쯤 몸을 기대고 읽는 상상을 하기도 한다.

더 근사한 것은 이름 뒤에 책방이나 서점이나 서림이 아니라 '서재'가 붙어있다는 것이다. 한번쯤 책으로 꾸며진 자신만의 공간을 꿈꿔본 이들에게 부러움이 무엇인지 몸소 보여주고 있는 느낌이다. 책방을 찾아가는 길 위에서 이런 생각들이 두서없이 떠올랐다.

책방은 신금호역에서 내려 걸어가는 것이 제일 빠르다. 시간은 보통 10분 정도 소요된다. 하지만 3호선 금호역이나 일반 버스를 타고 잘못 내리면 산을 오르는 등반의 고통을 감내할 수도 있다. 나 같은 경우 처음 책방을 찾았을 때 차를 가지고 갔었는데 강변북로를 빠져나와 금호사거리 방향으로 진입해서 올라가는 길의 경사가 복잡하기도 하고 급해 애를 먹었다. 그러므로 책방을 찾아가기 전에 필히 지도를 꼼꼼하게 참조한 후 교통수단을 잘 선택하는 것이 불필요하게 시간을 잃지 않고 프루스트에 도착할 수 있는 현명한 방법이다. 참고로 자동차로 갈 경우 주차할 공간은 책방 주변에 넉넉하니 걱정은 할 필요가 없다.

책방은 아파트 숲으로 변해가고 있는 서울 금호동 자락에 자리잡고 있다. 한강을 바라보고 서있는 고층 아파트들은 단지가 조성된 지 얼마 안 돼 그 고급스러움이 하늘을 찌른다. 하지만 그곳을 조금 벗어나면 예전 산동네의 모습이 아직 남아있는 건물들을 볼 수 있는데 책방은 그런 오래된 건물 중 1층에 자리잡고 있다.

건물은 외벽 전체를 감싸고 있는 붉은색 벽돌 때문에 한낮에는 오히려 격조가 높고 고풍스러우며 단아해 보이기까지 한다. 책방이 들어오기 전에는 여성용 옷을 파는 옷가게였는데 전 주인이 가게를 정리하며 블라인드를 떼어가는 바람에 낮에는 책

잃어버린 시간을 찾고 있는 책방 주인의 모습이 인상깊다.

방 주인뿐만 아니라 손님과 책들도 눈이 부시다는 단점 아닌 단점을 가지고 있다. 책이란 보통 예민한 것이 아니라서 햇빛에 장시간 노출되면 변색되는 고질병이 있는데 옷만 소중한 것이 아니라 책도 소중하다는 것을 전 주인은 몰랐던 것 같다.

책방 앞에는 작은 테이블과 의자 두 개가 놓여있다. 산길을 올라 찾아온 손님들의 휴식을 위해 또는 평소에 이 길을 지나다니는 사람들이 편하게 앉을 수 있게 내놓은 것 같기도 하다. 테이블 위에는 가격이 저렴한 헌책들이 진열되어있어 동네 사람들이 호기심 어린 눈으로 들춰보기도 한다.

책방 안은 허투루 사용한 공간이 하나도 없다. 먼저 창문과 마주고보고 있는 테이블 위에는 많지는 않지만 독립 출판물이 올려져 있고 사방 벽을 두르고 있는 책장에는 책들이 질서 정연하게 꽂혀있다. 책방 가운데 놓인 두 개의 테이블 위에도 책들이 진열되어있는데 이곳이 책방의 메인 판매대인 셈이다. 이곳에 놓이는 영광을 누리는 책들을 선정하는 것은 주인 마음이다.

메인 판매대 뒤로는 예전 옷가게였을 때 사용했던 탈의실이 있는데 이곳 또한 멋진 서가로 만들어놓았다. 이 작은 공간에는 주로 만화책이 진열되어있다. 이외에도 출입문 안쪽 위에도 선반을 만들어 주인이 열렬히 아끼는 책들을 올려두었고, 냉장고 위에도 책들을 쌓아놓았다. 프루스트에서 주로 취급하고 있는 것은 중고책이지만 독립 출판물과 일반서적들도 간혹 눈이 띈다.

책의 수급은 과거에 다년간 헌책방에서 일했던 노하우로 황학동이나 청계천을 통해 들여오기도 하고 일반 손님들에게 직접 매입하기도 한다.

책방은 문제집과 참고서만 없을 뿐 종합 서점에 가깝다. 인문, 사회, 철학, 문학, 역사는 물론 요리책과 만화책까지 족히 4천~5천 권은 되어 보인다. 하지만 이곳 책방 말고 집에도 책이 많다고 한다. 주로 진귀한 책들만 모아놓았다고 하는데 책들의 보물창고인 셈이다.

그의 이런 첫사랑도 아닌 책사랑에 대한 얘기를 들으려면 시간을 거꾸로 돌려야 한다. 어릴 적부터 책에 대해 남달리 애정이 많았던 주인은 20대 초반부터 헌책방에서 일을 하기 시작했다. 처음 일을 시작한 책방은 책 수집가들에겐 꽤나 유명한 곳으로 재미있는 이름을 가지고 있지만 여기에서는 밝힐 수 없다.

그곳에서 착실히 책에 대한 경험을 쌓은 그는 20대 중반 서울의 한 서점으로 직장을 옮긴 후 30대 중반 무렵 퇴사하게 된다. 책방에서 청춘을 다 보낸 셈이다. 그가 퇴사를 한 이유는 굳이 말을 하지 않아도 알 것 같았는데, 현재 몇몇 대형 서점을 빼고는 도심 한복판에서 살아남은 서점이 별로 없다는 현실이 떠올랐기 때문이다.

오랫동안 서점에 근무했던 경험을 바탕으로 작은 책방을 시

작할까 고민해왔던 주인은 2015년 1월, 한창 추운 겨울에 책방을 열게 된다. 하지만 처음부터 이곳에 책방을 낼 생각은 없었다. 유동인구가 많고 특히 젊은이들의 문화적 욕구가 강한 홍대나 연남동 쪽으로 자리를 보러 다녔다. 하지만 높은 임대료를 무시할 수 없었고 젠트리피케이션의 영향을 받고 있는 그곳에서 과연 지속 가능하게 책방을 운영할 수 있을지가 의문이었다. 그러다 보니 자연스럽게 자신이 잘 알고 오랫동안 살고 있는 동네로 눈을 돌렸다. 동네 책방은 동네다운 곳에 있어야 한다는 초심으로 돌아가 이곳에 자리를 잡게 되었다고 한다.

고전적이며 인문학적 냄새가 가득한 '프루스트의 서재'라는 이름도 이때 만들었다. 그 과정 속에서 주인 개인의 역사가 짙게 느껴졌다. 그는 책을 너무 좋아한 나머지 책에 인생을 걸고 살아 자신을 이루던 모든 것이 사라져버린 느낌이 들었다고 한다. 순간 그는 자신이 책방을 연다는 의미가 곧 책을 통해 다시 자신의 잃어버린 시간을 찾아가는 여행이라고 생각하게 되었다.

책방을 열고 나서 주인에게는 새로운 변화가 찾아왔는데 그것은 소소한 일상과의 만남이었다. 대형 서점이라는 곳이 대부분 지하에 매장을 가지고 있기 때문에 아침부터 밤늦게까지 서점에서 지내다 보면 햇빛이나 바람은 물론 계절의 변화에도 둔감하게 된다. 꽃이 어떻게 펴서 봄이 오는지 나무의 잎들은 어떻게 변해 겨울이 오는지 시원한 가을과 뜨거운 여름의 날들은 어떻게 소멸되어 가는지 모른다. 하지만 이젠 자연의 생태변화를 느끼며 일할 수 있다. 이것은 그동안 경험할 수 없었던 행복이며 책방이 안겨 준 선물이다.

책방이 동네 어귀에 있다 보니 이곳으로 새롭게 유입된 아파트 주민은 물론 기존에 살고 있는 분들도 가끔 찾아오는데 그중 출판업에 종사하는 분도 있어 책에 대해 많은 대화가 오가기도 한다. 그날은 한 여학생이 들어와 만화책과 요리 관련 서적을 한 아름 구입해서 갔는데 자주 오는지 주인과의 대화에서 단골손님의 기운이 가득 느껴졌다.

'프루스트의 서재'에 오면 수많은 책들 속에 묻혀 책상 앞에 앉아있는 주인을 볼 수 있다. 주인에게는 책방이 생계를 유지하는 곳이기도 하지만 서재이기도 하다. 주인은 그 작은 공간 안에서 책도 읽고 글도 쓰는데 주인은 시인 이상李霜의 열렬한 애독자다. 이런 이유로 책방 안에는 이상의 자화상이 액자 속에 담겨있고 눈에 띄지 않는 선반 위에는 임종국 선생이 엮은 이상 전집이 책방을 내려다보고 있다. 국내에서 출간된 이상의 모든 책들을 수집하는 것이 주인의 바람이라고 한다.

책방에서 운영하는 홈페이지에 들어가면 그가 매일 쓰는 책방 일기를 볼 수 있는데, 짧은 글이지만 단문으로 촘촘히 써 내려간 내면에서 우러나오는 얘기들을 읽다 보면 책방 주인의 고

출입문 선반 위에 시인 이상의 책들이 진열되어있다.

단한 생활을 엿볼 수 있다.

이맘때 겨울을 생각하면 사람이 찾아준다는 것은 요행에 가까운 일이었다. 책방을 열기 위해 적막한 공간에 책과 나만 덩그러니 있을 때면, 불안함 감정과 막막한 기분이 수없이 교차하곤 했다. 그럼에도 책방을 열 수 있었던 것은 글쓰기였다. 글을 쓴다면 어떻게든 될 것 같았다. 책이 팔리지 않는 것은 나로서는 어쩔 수 없는 일이고, 꾹꾹 묻어뒀던 문장들을 꺼내서 단단해진 이야기를 깎아본다면 정말, 어떻게든 될 것 같았다. 그런 심정으로 시작한 책방은 많지는 않아도 소중한…

- 2015년 12월 20일 책방 〈준비운동이 끝났다〉 일기 중

책방 일과 중 하나인 글쓰기는 책 읽기와 함께 잃어버린 시간을 찾기 위한 행위 중 하나이며 삶을 지탱하는 버팀목이다. 그가 글쓰기를 위해 병행하는 하는 것이 또 하나가 있는데 바로 자전거 여행이다. 책방 안을 유심히 살펴보면 책이 놓인 테이블 아래 몸을 구기고 누워있는 자전거를 발견할 수 있다. 그는 과거 서울에서 부산까지 안장 위에 몸을 실었던 적도 있고 서울에서 출발해 강릉을 거쳐 7번 국도를 타고 달려본 적도 있다. 또한 일본의 한 지역을 자전거만으로 둘러본 적도 있다.

어느 날 그가 쓴 책방 일기 속에서, 여행은 책 읽는 일과 같다고 표현하며 책방이라는 '어려운 현실을 생각하면 여행은 사치'

이지만 '분수를 넘지 않는 여행'이라고 결심하는 것을 엿볼 수 있었다. 지금도 그의 여행은 계속되고 있다.

책방 '프루스의 서재'에는 다른 작은 책방들이 진행하고 있는 워크숍이나 강좌 프로그램은 없지만 '달밤에 숨이 튼'이란 낭독 모임이 있다. 줄여서 '달숨'이라고도 부르는데 시적 울림이 가득한 이름이 사람들의 감성을 자극한다. 주인은 브랜드 네이밍에 특별한 재능이 있는 것이 틀림없다. 내가 찾아갔을 때는 낭독회의 문을 열려고 한참 프로그램의 콘셉트를 계획하고 있었는데 지금은 꾸준히 수요일 저녁마다 진행되고 있는 것 같다. 이외에도 그림과 사진을 감상하는 전시회도 연다. 처음으로 사진전시회를 열었을 때 동네에서는 처음 보는 광경이라 주민들이 호기심에 찬 눈으로 머뭇거리다가 보고 가기도 했단다.

프루스트의 서재에 저녁이 오면 책방은 노란 불빛으로 물든다. 그러면 책방은 마치 높은 산자락에 불을 밝히고 고단한 여행객들이 잠시 쉬어가는 작은 오두막처럼 느껴진다. 프루스트의 소설《잃어버린 시간을 찾아서》에 등장하는 마들렌과 홍차는 없었지만 편안히 앉아 오랜 시간 이야기를 나누었던 책방을 나와 길을 내려가며 이상李霜의 날개를 달고 잃어버린 시간을 찾아가는 주인을 생각했다. 그러는 사이 산 아래 어둠이 새처럼 내려앉고 있었다.

등대 혹은 불빛

- 동아서점 -

동아서점

–

주소 강원 속초시 수복로 108번지

전화 033-632-1555

속초에 있는 '동아서점'을 다녀와야겠다고 마음먹은 것은 한 일간지에 실린 토막 기사 때문이었다. '당신이 휴가지에서 가벼운 산책과 긴 저녁 식사와 따뜻한 목욕 외에 한 가지 더 필요한 게 있다면 이 책을 권하고 싶습니다'라고 서점 대표가 직접 쓴 메리 올리버의 《완벽한 날들》에 대한 추천의 변에 매료되기도 했지만 속초에서 무려 58년간 한 자리를 지켜온 서점이라는 것에 더 눈길이 갔기 때문이다.

2000년대에 들어서며 서울은 물론 지방 중소도시에 오랫동안 뿌리를 내리고 있던 지역 서점들이 문을 닫았거나 닫고 있는 것이 현실이다. 하지만 기존에 있던 서점을 더 크게 확장하여 이전한데다, 현대적인 인테리어로 동네사람들이 도서관이나 북카페로 오인하기도 한다는 기사는 서점에 대한 매혹을 불러일으

키기에 충분했다.

지금은 미시령 터널이 개통되어 서울에서 2시간 또는 2시간 반이면 속초에 닿을 수 있다. 그러나 예전에는 힘들게 펴졌다가 다시 휘어지는 험난한 미시령 고갯길을 넘어 족히 대여섯 시간은 차 안에 갇혀있어야만 갈 수 있는 도시였다. 속초는 동해의 깊고 푸른 바다와 고운 모래사장이 펼쳐진 해변 때문에 여름 휴가지로 손색이 없고, 대포항이나 동명항에 끝도 없이 이어지는 횟집과 좌판들이 있어 싱싱한 활어들과 함께 맛의 생동감을 음미할 수 있는 곳이다. 그러므로 속초에 간다는 것은 내게 있어 지친 삶에 휴식은 물론 눈과 입으로 식욕을 채울 수 있다는 의미였다. 하지만 이젠 등대처럼 불을 밝히고 있는 서점까지 있어 '마음의 양식'까지 덤으로 채울 수 있게 되었다.

미시령 옛길을 내려와 속초시 교동에 있는 서점으로 향했다. 보통 향교鄕校가 있던 마을을 교동校洞이라고 부르는데 춘천이나 강릉에 있는 교동이 그러하다. 속초束草는 옛 고을의 중심지가 아니어서 이곳에는 향교鄕校가 없다. 다만 속초중학교, 속초초등학교, 속초고등학교, 속초교육청이 있기 때문에 교동校洞으로 불린다.

서점 앞에 도착하니 왕복 4차선 도로가 서점 앞을 지나가고 있었는데 차량은 많지 않았다. 서점 건너에는 지붕이 낮은 오래된 주택들이 있는데 그중 눈에 띄는 단층짜리 구옥이 있었다.

개점 1956이란 숫자에 제일 먼저 눈에 가는 동아서점.

구옥은 일본식 가옥을 연상케 했고 지붕을 덮고 있는 기와는 부드러워 보였다. 어른 키보다 높지 않은 담장에는 초록의 넝쿨들과 붉은 꽃들이 집을 감싸고 있었다. 서점 주인은 서점에 들렀다가 이 집에 대해 관심을 두고 묻는 손님이 많다고 말했다.

서점은 2층 대형건물의 1층에 자리하고 있는데 사방으로 탁 트인 공간에 주차시설이 잘 마련되어있어서 여유롭게 서점을 둘러보아도 무리가 없어 보였다. 서점이 교동으로 옮겨오기 전에는 속초 시내 번화가인 중앙시장 부근에 있었다. 유동인구도 많고 접근성이 높다는 장점과 함께 50년 넘게 한 자리를 지켜왔던 상징성도 있었지만, 건물이 낡기도 했고 매장을 지하까지 사용하고 있어 책과 사람에게 썩 좋은 공간은 아니었다. 그래서 서점은 새로운 환경에서 외적인 변화를 시도하는 것이 서점의 경쟁력을 높일 수 있다는 판단 아래 2015년 1월에 이 건물로 이사 하게 되었다.

하지만 책방 공사를 앞두고 서점 주인은 많은 고민을 했는데 그 고민의 흔적은 그가 운영하는 블로그에 잘 나타나있다. 서점을 새롭게 다시 열기 전 서울의 여러 서점을 돌아다니며 '한국에서 책이나 서점이라는 공간이 그다지 대우받지 못하고' 있는 현실을 안타깝게 바라보며 '어지럽거나 피곤하지 않은, 책을 편안히 살펴볼 수 있는 서점'을 만들어야겠다고 생각했단다.

동아서점은 2층 외벽을 감싸고 있는 대리석과 함께 전면 전체가 넓은 통유리 창으로 되어있어 깔끔하고 고급스러워 보인다. 거기에 푸른 바다색의 도장이 어우러져 시원한 기분마저 든다. 창을 통해 내부를 보면 120평이라는 단일 공간이 주는 여유로움과 함께 책들이 진열된 것을 볼 수 있다. 서점은 종합 서점답게 참고서, 문제집을 포함해 약 4만 권의 기성출판물과 소량의 독립 출판물을 보유하고 있는데 교동으로 옮기면서 서가의 책들을 좀 더 전문적이고 개성 있게 구성해놓았다.

서점 안에 들어와 있으면 작고 예쁜 동네 책방들이 한 공간 안에 모여있는 듯한 착각이 든다. 예를 들어 여행에 관련된 책방, 소설을 전문적으로 취급하는 소설 책방, 그리고 인문학 서적을 판매하는 인문학 책방과 독립 서점까지 함께 있는 것 같다. 또한 아기자기한 소품과 책에 대한 느낌과 취향을 살리는 작은 메모들로 가득하다. 판매대에 올려져 있는 책이나 다른 빈 공간에 직접 손글씨로 책에 대한 설명을 적어놓아 독자의 눈길을 한 번 더 끈다. 또한 작가별로 주제별로 특별한 이슈나 화제에 맞게 코너를 따로 만들어 손님들이 쉽게 책을 찾거나 볼 수 있게 꾸며놓았다.

서점 내부에는 손님들이 구입한 책을 편하게 볼 수 있는 자리가 마련되어있다. 세계문학전집이 있는 서가에는 책상과 의자가 놓여있어 서재에 들어와있는 기분이 들고 중앙의 메인 판매대

소설 코너, 멋진 서재에 들어온 느낌이다.

옆에는 푹신한 소파가 있어 오랜 시간 앉아 책을 읽어도 피곤함이 덜하다. 또한 햇빛이 들어오는 창가에는 테이블이 길게 자리해 어느 분위기 좋은 카페를 연상하게 하는데, 초록의 나무들을 바라보며 누군가를 기다려도 지루하지 않을 것 같다. 이외에 꼬마 손님들이 애용하는 유아 서적 코너 또한 작은 놀이방처럼 꾸며놓아서 서점이 아닌 도서관이나 북카페로 오인하기도 한다는 주인의 말이 사실임을 다시 한 번 확인하게 되었다.

동아서점이 교동 시대를 맞이하며 이렇게 변화된 모습을 보이게 된 데에는 3대째 책방 운영을 맡은 김양건 씨의 의지가 강하게 반영됐다. 2014년 12월부터 서점에 대해 실질적인 경영수업을 받고 있는 셈이지만 할아버지, 아버지로부터 이어져 온 삶의 터전이었고 책에 관해서는 타고난 유전인자를 물려받고 자랐기에 훨씬 이전부터 '책방을 운영했다'라고 말해도 전혀 이상할 것이 없다. 그렇지 않고서야 이렇게 넓은 공간에 책에 대한 열정을 쏟아붓기가 쉽지 않기 때문이다. 동아서점에서 김양건 씨의 직책은 팀장이지만 매장에 없어서는 안 될 점원이기도 하다.

그는 키가 크고 마른 체형에 해리포터처럼 동그란 안경을 쓰고 티셔츠를 입고 있다. 인문학서가에서 여행서가로 여행서가에서 카운터로 다시 카운터에서 독립서가로 하루 12시간 넘게 바삐 움직이는 것을 보고 있으면 그가 이렇게 큰 서점의 대표인지 아무도 모를 것이다. 대학에서 불문학을 전공한 후 한 대기업의 문화재단에서 일하다 유독 책을 좋아한다는 이유만으로 가업을 이어받게 된 그는 막중한 책임감으로 서점을 이끌어가고 있다.

중앙시장에 있던 서점이 이곳으로 옮겨 온 후 새로운 환경에 맞게 지역에 사는 독자들은 물론 속초를 관광차 방문하는 독자에 이르기까지 부담 없이 들어와 쉴 수 있는 환경을 만드는 것이 목표였는데, 일단 어느 정도는 성과를 거둔 듯하다. 젊은 연인들의 약속장소로는 물론 부모와 함께 오는 어린이들과 학생 그리고 성인들까지 눈에 띄게 달라진 서점의 모습에 만족하는 것 같다. 평일인데도 불구하고 많은 손님이 서점에 드나드는 것을 볼 수 있었다.

이러한 결과는 세련되고 감각적으로 꾸며놓은 인테리어의 효과도 있었지만 비단 그것 때문만은 아닌 것 같았다. 서점을 다시 열 때 그는 전공과 무관하지 않은 문학과 인문, 사회, 그리고 과학 서적을 대폭 늘렸고, 책이라는 문화콘텐츠를 단순히 쌓여 있거나 진열된 상품으로 간주하지 않았다. 책이라는 것은 공산품처럼 쓰다가 버려지는 것이 아니라 오래 소장하고 몇 번씩 읽어도 그 가치가 변하지 않는 것이라고 생각했기 때문이었다.

서점을 옮겨 오면서 그가 신경을 많이 쓴 분야는 소설류였다. 개인적으로 프랑스의 소설가 미셸 우엘백과 독일작가 유디트 헤

르만을 좋아한다는 이유도 있었지만, 앞으로 문학관련 서적을 집중적으로 배치하여 전문화하고 싶다는 미래의 계획도 가지고 있기 때문이다. 또한 대형 서점으로는 드물게 독립 출판물을 판매하고 있는데 동아서점의 역사로 보면 환갑을 바라보고 있는 나이지만 시대와 환경에 맞게 새로운 형식의 출판물을 받아들이려는 노력이 돋보인다. 또한 더 나아가서 독립 출판사를 운영해 보고 싶은 그만의 꿈도 한몫한 것 같다.

동아서점이 처음 문을 연 건 1956년이었다. 한국전쟁이 끝나고 몇 년 지나지 않은 시점이었다. 그래서인지 간판에 적힌 1956이라는 숫자가 훈장처럼 저녁이면 더 밝게 빛난다. 교직에 있다가 퇴직을 하고 신문사 기자로 활동하셨던 할아버지가 개점을 한 후 문구와 서적을 취급하는 동아문구사란 이름으로 운영되었다. 70년대 후반 아버지가 경영을 맡으면서 동아서점으로 이름이 바뀌었다.

긴 세월 동안 자리를 지키며 운영해오던 동아서점도 위기가 있었는데 온라인이라는 새로운 형태의 서점이 생기고 독자 인구도 감소한 것이 이유였다. 그래서 몇 년 전 문을 닫을지 심각하게 고민도 했었다. 경영상으로 아직도 어려운 점이 많지만 지역 안에서 지식의 최전선이라는 의미도 있었고, 지역문화를 지탱하는 한 축이라는 생각 때문에 지금까지 서점을 끌어오고 있다.

어느 날 동아서점 페이스북에 그가 썼던 '서점이 문을 닫으면 세상으로 향하는 문이 막혀버리기 때문'이라는 문장은 그래서 더욱 의미심장하게 다가온다.

속초에 와서 서점에 들르는 일은 흔한 일이 아니었다. 대포항이나 동명항에 들러 소주를 한잔하거나 중앙시장에 들러 속초의 명물 닭강정과 씨앗호떡을 기념품이라도 되는 것처럼 들고 다닌 적은 있었지만, 이렇게 일부러 서점을 찾아온 것은 처음이었다. 서점을 나오는데 창가의 둥근 조명들이 어두워진 거리를 비추고 있었다. 환하게 불을 밝히고 있는 '책'이라고 쓰인 사각의 조명을 바라보며 이 세상에 책이 존재해야만 하는 이유를 생각했다. 이 작은 해안도시에 왜 60년간 서점이 존재해왔는지를

생각했다. 그것은 어두운 밤, 바다를 항해하는 선박에게 길을 안내하는 등대처럼 서점 또한 독자들에게 책을 안내하는 불빛 같은 존재란 생각을 하며 다시 미시령 옛길을 넘었다.

삶은 우연의 연속일 뿐… 어쩌다 책방

- 별책부록 -

별책부록
-
주소 서울 용산구 신흥로 22가길 8번지
전화 070-5103-0341
홈페이지 blog.naver.com/byeolcheck

'본책'도 아닌 '별책부록' 책방을 처음 알게 된 것은 만두 때문이었다. 한겨울의 뜨거운 열매인 만두를 좋아하지 않았다면 '별책부록'이란 이름의 책방을 이렇게 빨리 만나지는 못했을 것이다. 그날은 연남동에 있는 '향미'라는 정감 있는 이름의 중국집에서 만두를 먹고 집으로 돌아가는 길이었다. 동네에 있는 작은 책방의 경우 길을 걷다가 친구를 만나는 것처럼 어쩌다 우연히 마주치는 일이 간혹 있기도 한데 '별책부록'이 그러했다.

책방은 경의중앙선이 지나가는 홍대역과 가까운 골목에 위치하고 있었다. 책방이 입점해있는 붉은 벽돌 건물에는 다음과 같은 이름이 쓰여 있었다.

'어쩌다 가게'

오래된 2층 양옥집을 개축하여 더 이상 주택으로 쓰임새가 사라진 건물에는 책방인 '별책부록' 외에도 라운지가 멋진 카페와 1인 고객만을 위한 미용실, 초콜릿 공방, 싱글몰트 위스키바, 조각 케이크 공방 등의 가게가 입점해있었다. 낯설고 새로운 분위기를 좋아하는 청춘들의 이목을 끌기에 충분해 보였다. 그때 당시만 해도 책방은 '어쩌다 가게' 안쪽에 자리하고 있었는데 어쩌다 들를 때면 거실에 있는 작고 아늑한 서재에 와있는 것 같은 기분이 들곤 했다.

책방은 일곱 평 남짓으로 그곳에 서서 책을 읽다가 커다랗고 맑은 유리를 통해 창밖을 바라보면 2층으로 오르는 회색의 철재계단 아래 서있는 꽃나무와 눈이 마주치기도 했다. 하지만 책방은 어찌된 영문인지 2015년 5월 '어쩌다 가게'에서 문을 닫게 된다. 그러고는 그해 10월, 해방촌이라고 불리는 서울시 용산구 용산2가동에 다시 문을 열었다.

한동안 문을 닫아 잊고 지냈던 '별책부록'이 해방촌으로 옮겼다는 소식을 접한 것은 2015년이 얼마 남지 않은 12월의 어느 추운 겨울날이었다. 예전에 갔었던 책방들을 뒤지다 책방 문을 닫기 몇 달 전 '다른 곳에서 새로 오픈할 것'이라는 주인의 말이 문득 생각났다. 혹시나 하는 마음에 검색을 해보니 이미 10월에 '동교동에서 해방촌'으로 이사했다는 기쁜 소식을 만인들에게 파랑새를 띄워 알리고 있었다. 뒤늦게 이 소식을 접한 나는 며칠

별책부록이 '어쩌다 가게'에 함께 있을 때(위).
해방촌으로 이사 후 멋진 간판을 내걸고 있는 모습(아래).

후 그곳을 찾아갔다.

책방이 좋은 점은 언제 찾아가도 열려있고 항상 주인을 만날 수 있다는 것이다. 하지만 가는 날이 장날이라는 말이 있듯 주말을 맞아 주인은 마음에 들지 않는 책방을 대대적으로 손을 보고 있었다.

서울 시내를 한눈에 내려다볼 수 있는 남산타워 밑에 새롭게 문을 연 '별책부록'을 찾아가는 길은 연남동 시절(행정구역명은 동교동이다) 지하철역이 가까웠던 평지에 비하면 녹록지 않다. 6호선인 녹사평역에 내리든 1호선과 4호선이 다니는 서울역에 내리든 남산으로 향하는 마을버스를 타야 한다.

개인적으로는 녹사평역에 내려 모처럼 등산을 한다는 마음으로 걸어 올라가는 것을 선호하지만, 굳이 그렇게까지 할 필요는 없다. 자가용이나 택시를 이용하면 더 좋다. 하지만 길을 따라 걷다 보면 맞은편에 있는 경리단길만큼은 아니지만 작고 예쁜 가게들이 속속 입점한 것을 볼 수 있다. 그동안 주목받지 못했던 거리가 어떻게 새로운 핫플레이스로 뜨고 있는지를 감상하는 것도 쏠쏠한 재미이다.

책방은 건물 3층에 자리하고 있다. 1층은 상가, 2층부터는 주거공간으로 보인다. 주변에는 이런 비슷한 모습의 건물들이 특색 없이 서있다. 하지만 책방이 있는 건물은 다른 건물에 비해 눈길을 끄는 것이 있는데 그건 다름 아닌 커다란 별이 박혀있는 서점 간판이다. 주황색 바탕에 까만 테두리를 한 큰 별은 산자락에 걸린 별처럼 저녁이면 밝게 빛난다.

불빛이 환한 도심 한복판에 있는 책방에선 볼 수 없는 광경이다. 책방 입구에 달려있는 이 간판은 그래픽 디자인을 하는 책방 주인의 친구가 재 오픈 기념으로 만들어준 것이다. 별이 아름다운 이유는 아침이면 사라졌다가 저녁이면 다시 빛나기 때문인데, 이처럼 작은 책방 또한 어느 순간 우리 시야에서 사라졌다가도 다시 나타나 동네를 비춘다.

책방은 연남동에 있을 때보다 1평 정도 작아졌다. 그때는 공간이 좌우로 넓었던 반면 지금은 앞뒤로 길어져서 그런지 좀 더 좁아진 느낌이 든다. 책을 받치고 있는 선반이라든지 책장, 소품이 있던 장식장 등 내부 인테리어 집기는 연남동 때 사용했던 것을 그대로 공간에 맞게 배치했다. 입구 좌우에 설치한 서가로 쓰이는 선반에는 독립 출판물과 손님이 판매를 맡긴 중고제품을 비롯한 소품들이 진열되어있고, 중고서적과 단행본들이 뒤를 이어 책장에 꽂혀있는데 책들이 그전보다 많이 줄어있었다.

책은 재고를 합쳐 약 3천 권에서 4천 권가량 보유하고 있지만 지금은 천 권 내외만 진열되어있었다. 주인은 '아직까지 정리 정돈 중'이라는 말로 그 이유를 대변했다. 책방을 오픈하고 지금까지 거의 쉬는 날 없이 일을 했는데도 좀처럼 시간이 부족하다고

FROM
THE
MAKERS
AVEC

했다. 그것은 책방만 운영했던 예전과 달리 공간 하나가 더 생겼기 때문이다.

건물 입구에 보면 은색의 작은 문이 있다. 이 문을 열고 내려가면 별책부록의 '별책'이라고 할 수 있는 지하공간인 '별별 스페이스'가 나온다. 별별 스페이스는 별책부록에서 운영하는 워크숍 공간인데 가끔 전시도 한다. 책방을 방문했을 때에는 '공간과 빛'이라는 주제를 가지고 〈2월, 별을 달다〉라는 제목의 설치미술작품이 전시 중이었다. 현재 이곳에서 진행되고있는 워크숍은 책 만들기와 싱글몰트 위스키이다.

책 만들기의 경우 '별별책' 만들기와 '기록을 책에 담는 여러 가지 방법' 두 가지 수업이 있다. 각 5주 과정으로 편집 프로그램인 인디자인을 통해 사진집이나 일기 모음, 에세이 등 자신만의 책을 만들어보는 것이다. 책이 완성되면 독립 서점에 판매도 가능하다.

'싱글몰트 위스키'도 정기적이진 않지만 인기가 높다. 술에 대한 전문가의 설명을 들으며 글도 쓰고 그림도 그리는 이 모임은 한 잔의 독한 술을 음미하며 음주가무가 아닌 음주 서사를 자유롭게 만끽한다. 그동안 책을 위한 책방만 운영해왔던 주인이 책방을 이전하며 이 같은 프로그램을 시작한 것은 조금이나마 경제적인 도움을 얻고, 홍보 효과를 보기 위해서 였다. 그러나 지금은 이 높은 곳까지 찾아오는 손님들과의 만남이 더 좋아졌다.

주인이 처음 책방과 인연을 맺은 것은 서촌에 있던 책방 '가가린'에서 파트타임 점원으로 일을 시작하게 되면서였다. 평소 책을 좋아해 자주 가다 보니 어느 날부터 점원이 되어있었다는 그는 다년간 그곳에서 많은 경험을 쌓게 된다. 하지만 한때 영화인을 꿈꾸며 국외에 있는 한 영화학교를 졸업한 그는 자신이 직접 책방을 하게 되리라고는 생각조차 하지 못했다고 한다.

'어쩌다 가게' 안에 책방이 있을 당시 그는 건물의 이름처럼 "어쩌다 보니 책방 주인이 되어있었다"라고 말을 한 적이 있는데, 삶은 정말 우연의 연속일지도 모른다.

주인이 해방촌으로 책방을 이전하게 된 것이 가까운 곳에 위치한 독립 출판 서점 '스토리지&필름'과의 친분 때문이었다면, 책방을 다시 열 수 있었던 것은 연남동 시절 책방을 찾아주었던 손님들에 대한 책임감 때문이었다. 당시에 별책부록은 회원제로도 운영이 되어 그곳을 찾는 손님들에 대한 애정이 각별했다. 또한 독립 출판물의 경우 위탁으로 판매되는 특성상 그동안 책방과 인연을 맺었던 작가들과의 신뢰도 저버릴 수 없었다.

하지만 굳이 다시 동네 책방을 선택한 것은 그가 말했듯 '책방에 대한 익숙함 내지 책에 대한 열정'이 더 컸을지도 모를 일이다. 점원생활을 포함해 6년간 책방과 함께 청춘을 보냈으니 책방이라는 것이 생활의 수단이 아닌 목적이 되는 것도 전혀 이

AVEC
2016
DAY
NIGHT

똥5줌

STAR WARS
STAR WARS

2016 BUSAN ART BOOK FAIR
FROM THE MAKERS
2016. 7. 7–7. 10

상한 일이 아니었다.

책방은 지금 진행하고 있는 프로그램 외에 새로운 프로젝트를 준비하고 있다. 영화를 전공한 영화 학도답게 그와 관련된 워크숍과 영화잡지가 그것이다. '필름 에세이'란 타이틀로 진행될 예정인 워크숍은 수업에 참여한 수강생이 직접 자신의 이야기를 영상으로 제작해보는 것이다.

생활이라는 무대 위에 서있는 모두가 이 시대를 살아가는 배우이지만, 자신이 만든 작품 속에서 주인공이 한번 돼보는 것도 나쁘지는 않은 것 같다. 또한 영화 잡지인 《캐스트》의 경우 창간 준비 중에 있는데 독립 출판시장이 주 무대가 될 것 같다. 하지만 공동으로 진행하는 일이라 내용에 대한 구체적인 언급은 피했다.

동네 책방 주인이라고 하면 편안한 의자에 앉아 차를 마시며 혹은 음악을 들으며 한가롭게 책장을 넘기는 모습을 상상할 수도 있다. 책방을 다니기 전까지 나 또한 그런 낭만적인 생각을 했었다. 하지만 책의 풍요 속에서 시간은 빈곤할 뿐이다. 책방 주인 또한 이 시대의 일반 자영업다. 매일 손님이 다녀가는 만큼 청소도 해야 하고 매장도 정리해야 한다.

하루가 다르게 쏟아지는 신간들을 챙겨야 하고 책에 쌓이는 먼지도 털어야 하며 재고 파악도 해야 한다. 그 외에 책방 주인이 아니면 경험할 수 없는 새로운 일들이 매일 아침 문을 열 때마다 책상 위에 산적해있다.

그도 역시 점원으로 일했던 시기보다 책을 읽을 수 있는 시간은 현저히 줄었지만 틈틈이 책을 읽는다. 그는 특히 철학과 인문학 도서들을 즐겨 보는데 그중 영국의 철학자 버트런드 러셀이 쓴 책들은 모두 좋아한다. 하지만 주인이 손님들에게 추천해 주는 책들은 따로 있다. '아트초크'에서 출간되는 작고 가벼운 무게의 시집과 소설들이다.

아직 책방은 오픈 한 지 몇 달 안 돼서 휴일 없이 문을 열고 있다. 연남동에 있을 때보다 외지고 높은 곳에 위치하고 있어 접근성이 좋지는 않다. 길을 잃지 않고 잘 찾아오는 손님이 그저 반가울 수밖에 없다. 연남동 시절보다 훨씬 동네 책방답게 변했지만 아직까지 책방을 찾는 동네 사람은 보지 못했다. 그래도 장사 걱정해주는 사람은 한동네에서 장사하는 구멍가게 사장님밖에 없다. 함께 장사하는 상인들만의 온정일 것이다. 그래서였을까. 책방을 나서는데 간판에 걸려있는 별이 유난히 따뜻하게 빛나 보였다.

책과 노트, 그리고 필기구들

책방 구석에 놓인 테이블에 앉아 거리를 바라보면 세상은 침묵의 언어로 쓰인 듯 조용하다. 자동차 소음도 사람들의 분주한 발걸음도 어두운 상점의 음악소리도 이 성스러운 문턱을 넘어오지 못한다. 오랜 시간을 우려낸 차와 무명 가수의 노래만이 책장을 가볍게 넘겨줄 뿐이다. 누구도 방해 하지 않으며 누구도 간섭 하지 않는다. 좋아하는 문장에 정성스레 밑줄을 긋고 노트에 무언가를 또박또박 적기도 한다.

그렇게 세월은 흐르고
당신이 다녀간 시간동안
책의 두께와 무게만큼 생각은 차곡차곡 쌓이고
무너지지 않는 바벨의 탑이 된다.

작고 아름다운 동네 책방 이야기

글 · 그림 이충열

1판 1쇄 인쇄 2016년 9월 5일
1판 1쇄 발행 2016년 9월 19일

발행인 신혜경
발행처 마음의숲

대표 권대웅
편집 송희영, 김보람
디자인 고광표
마케팅 노근수, 황환정

출판등록 2006년 8월 1일(105 - 91 - 03955)
주소 서울시 마포구 동교로 144 - 13(서교동 463-32, 2층)
전화 (02) 322-3164~5 | 팩스 (02) 322-3166
페이스북 facebook.com/maumsup
ISBN 979 - 11 - 87119 - 80 - 7 (03810)

값은 뒤표지에 있습니다.

마음의숲에서 단행본 원고를 기다립니다.
따뜻하고 생동감 넘치는 여러분의 글을 maumsup@naver.com으로 보내주세요.

이 도서의 국립중앙도서관 출판시도서목록(CIP)은 e-CIP홈페이지(http://www.nl.go.kr/ecip)와
국가자료공동목록시스템(http://www.nl.go.kr/kolisnet)에서 이용하실 수 있습니다.
(CIP제어번호: CIP2016017150)

한국출판문화산업진흥원 2016년 우수출판콘텐츠 제작 지원 사업 선정작입니다.